ÆLIVS SEIANVS.

HISTOIRE ROMAINE, RECVEILLIE DE diuers Autheurs.

A PARIS,
De l'Imprimerie de ROBERT ESTIENNE.

M. DC. XVII.

Auec priuilege du Roy.

AV ROY.

SIRE,

Le Capitole a veu naiſtre, & le Louure a renouuellé ceſte Hiſtoire, que ie preſente à voſtre Majeſté dans les publicques acclamations du jour de ſa Monarchie. C'eſt vn miroir qui ne flatte point, mais pluſtoſt vne eau pure & claire qui au *mesme temps qu'elle monstre la tache donne dequoy l'effacer. Vous y verrez,* SIRE, *que le Prince doit estre grandement jaloux de conseruer entiere son* AVTORITÉ. *Les Grands y apprendront qu'il ne se faut iouër au Lyon genereux, quoy qu'il le souffre, & que les faueurs sont des precipices à ceux qui en abusent.*

P. MATTHIEV.

AELIVS SEIANVS.

LE ciel irrité ſur les Romains permit pour la deſolation de l'Empire, l'excez de l'affection que l'Empereur Tibere porta à Ælius Sejanus, le faiſant ſi grand qu'il eut peine de le desfaire: La ruine de l'Eſtat qui fut le fondement de ſa grandeur, fut auſſi la cauſe de ſa cheute. Il fut fils de Sejus Strabo Cheualier Romain, naſquit à Vulſine au pays de Toſcane, ſeruit en ſa ieuneſſe C. Cæſar neueu d'Auguſte, conſentit aux voluptez d'execration d'Apicius: fut collegue de Strabo ſon pere en la charge

Principum animi varijs artibus Deûm ira in rêpub. vinciũtur. TAC.

Pari exitio viguit ceciditq. TAC.

Apicius ayāt prodiguē tout ſon bien, & croyant

que cent mil escus qu'il auoit de reste ne suffisoient pour continuer son luxe, se tua. DIO.

de Capitaine des Gardes: suiuit Drusus fils de l'Empereur en son voyage d'Austriche & Hongrie. Premier tesmoignage de l'affection de Tibere qui le choisit pour conduire la ieunesse de ce Prince, & donner aux autres l'exemple du merite pour arriuer aux recompenses, & de valeur pour aller aux perils.

Rector iuueni, & ceteris periculorum premiorũque ostentator. TAC.

Il reconnut l'humeur de Tibere, & y conforma le sien si parfaitement qu'il sembloit que leurs cueurs n'eussent qu'vn mouvement: Ceste conformité entretint l'affection, & de l'affection nasquit la confiance si entiere que Tibere ne se fiant à personne ne se desfioit de Sejanus, n'auoit rien de secret ny de caché pour luy, & n'estoit iamais sans soupçon sur les

Tiberium obscurum aduersum alios, sibi uni incautum intectũmque effecit. TAC.

autres. La faueur attire tous les cueurs, & les yeux suyuent ceste nouuelle lumiere: le Senat luy communique les grandes affaires, & reçoit par ses mains ce qu'il desire pour l'Estat. Les grands tiennent à honneur ses commandements; s'il leur parle, il les oblige; s'il les regarde, ils sont contents; l'attendent le matin à l'entrée de sa maison, essuyent doucemẽt les affronts du portier, luy font des presens pour estre à la premiere ouuerture ou admission, & quand ils se presentent à l'Idole qu'ils adorent, c'est à qui feindra mieux l'admiration pour le loüer, ou la seruitude pour le flatter.

Il y auoit trois admissions pour faire sa Cour le matin. *Turba salutatrix.*

Tel attendoit toute la nuict la premiere. *Duras fores expers somni colit.* SEN.

Sa puissance ne faisant que naistre, il voulut que lon creut qu'elle estoit appuyée

Incipiente potentia bonis consiliis innotescere volt. TAC.

ſur vne ferme reſolution d'auancer le ſeruice du Prince, & le bien de l'Eſtat, & que lon ne verroit que de la iuſtice en ſes actions, de la prudence en ſes conſeils, de la modeſtie en ſa fortune. Il portoit au dehors la moderation, au dedans l'ambition, mais elle eſclattoit en ſa deſpenſe, & en ſes profuſions, en la magnificence de ſes meubles & tableaux, au luxe de ſes feſtins ſumptueux comme ſacrifices, en la beauté de ſes baſtimens dorés comme temples. Induſtrieux & vigilant à deſſein, il auoit l'eſprit prompt à deſcouurir les autres, & à prendre toutes ſortes de formes, l'accommodant ſelon les occaſions à la ſimplicité ou à l'orgueil.

Palam cōpoſitus pudor, intus ſumma apiſcendi libido. TAC.

Induſtria ac vigilãtia haut minus noxia quoties parãdo regno finguntur. TAC.

Eſtant ſeul Capitaine des

Gardes, il fit loger les legions Pretoriennes en vn quartier de la ville, pour au besoin les auoir toutes prestes à sa disposition, representant à Tibere que les soldats escartés viuoient sans discipline, & que se voyant tous les iours assemblés en vn mesme lieu, le nombre apporteroit entre eux de l'asseurance, & donneroit de la crainte & de la terreur aux autres, & l'eslongnement des desbauches de la ville les tiendroit tousiours en raison.

Lasciuit miles diductus. TAC.

Fiducia ipsis, in cateros metus. TAC.

Vallum statuatur procul vrbis illecebris. TAC.

Cela accordé & les logis ordonnés, il commença de faire glisser peu à peu sa creance & son respect dans les cueurs, visitant les soldats au corps de garde, les appellant par leurs noms, caressant les Capitaines & les Tribuns, entretenant les vns d'esperance, les autres de presens, & tous de bonnes paroles.

Pour faire sa partie plus forte, il dressa ses practiques & ses intelligences dans le Senat, procura que ses amis fussent pourueus de commissions & honorés de charges & offices; estimant que ce n'estoit assés d'auoir de l'autorité parmy les gens de guerre, si la creance & le respect luy manquoient entre les gens de Iustice & les Orateurs qui auoient du credit parmy le peuple.

Neque ambitu Senatorio abstinebat, cliẽtes suos honoribus aut prouinciis ornando. TAC.

En tous ses desseins il trouua en Tibere tant de facilité & d'affection qu'il n'auoit peine qu'à demander & remercier: il ne luy refusoit rien, preuenant souuent ses demandes, & auoüant qu'il meritoit encores d'auantage: car non seulement en son priué, mais encores en plein Senat, il l'appelloit le compagnon de ses labeurs; commanda que son effigie fut esleuée aux places publiques, reuerée aux theatres, & portée à la teste des legions. C'estoit destruire son seruice pour plaire à son seruiteur: car il ne peut aller bien quād le peuple prend garde que la faueur trāsfere les honneurs souuerains du superieur à l'inferieur, & que le Prince souffre vn compagnon pour l'aider à regner. Hercule veut bien qu'Atlas le soulage, mais il fait connoistre que l'Olympe est plus asseuré sur ses espaules que de nul autre.

Seianus socius laborum Tiberij. TAC.

Effigies per Theatra, fora & inter principia legionum. TAC.

Firmius Herculea cælum ceruice pependit. CLAVD.

Il forma toutes les actions de Tibere à la rigueur & à la

ſeuerité; affin qu'il perdit l'affection du peuple, qui ne peut vouloir bien à qui ne luy fait que du mal. Il n'eut pas beaucoup de peine à luy persuader le ſang & la cruauté: toutes ſes inclinations y alloiēt, & en ſa premiere ieuneſſe Theodore ſon Precepteur en Rhetorique l'appelloit *de la bouë deſtrēpée de ſang*; tellement que Sejanus n'auoit qu'à eſpier & rechercher les occaſions pour exciter ſa colere, & exercer ſes cruautés.

πηλὸν αἵματι συμπεφυρμένον. SVET.

Les charges & les dignités ſe conferoient à ſa recommandation. C'eſtoit aſſés pour preuuer le merite que de luy appartenir par parenté ou par alliance. Tibere nomma deux Proconſuls d'Afrique, Lepidus & Blæſus, &

commanda au Senat de choisir le plus capable des deux. L'vn estoit homme de grande consideration; l'autre estoit oncle de Sejanus. Tibere vouloit faire agréer son affection au Senat, afin que le peuple ne murmurast d'vne election qui n'auoit que la faueur pour merite. Lepidus qui sçait que ce n'est pas pour luy, s'excuse de ceste charge, & on le prend au mot: Blæsus qui en est asseuré, fait semblant de la refuser, & l'emporte.

Auunculus Seiani Blæsus atque eo præualidus. TAC.

La mesme faueur qui l'auoit esleué le maintint, & honora ses moindres seruices des plus grandes recompenses. Apres qu'il eut non desfait, mais poussé les troupes de Tacfarinas, Tibere commanda aux Legions de le saluer comme Empereur, luy ordonna le Triomphe, qui toutesfois n'appartenoit qu'à la victoire entiere, & pour toutes raisons declara que c'estoit pour l'amour de Sejanus son nepueu. Qui auoit Sejanus pour protecteur, n'estoit en peine de chercher des honneurs; qui l'auoit pour ennemi, languissoit dans le mespris & la misere. On n'auoit point d'honneur sans sa faueur, & on ne la pouuoit auoir auec innocence & honneur. Il fit entrer au Senat Iunius Otho, qui par l'impudence de ses conseils descouurit la bassesse de son origine. Il disposoit seul des Offices, car le peuple ne se mesloit plus de les eslire, & ne se soucioit que des ieux & des Theatres. L'or-

Vt quisque Seiano intimus, ita ad Cæsaris amicitiam validus: contrà quibus infensus esset, metu ac sordibus conflictabatur. Tac.

nement le plus grand de la ville de Romè estoit le Theatre de Pompée de telle estenduë, qu'il estoit capable de loger quarante mille hommes. Le feu s'y mit fortuitement; Sejanus l'esteignit, & empescha que le malheur de cet accident n'eust point de suite. Tibere proposant de le rebastir, loüe en plein Senat la diligence & vigilance de Sejanus. Les Peres pour luy plaire ordonnerent que son effigie seroit esleuée auprès du Theatre.

Le Theatre de Pōpée fut dedié à Venus. Tertullien l'appelle *Arcem omnium turpitudinū.*

Labore ac diligentia magna vis intra vnū damnum sistitur. TAC.

Mais comme les Princes ne font rien sans dessein, Tibere en fauorisant Sejanus en auoit vn, & Sejanus en seruant Tibere en formoit vn autre. Celuy-là vouloit que sa bienveuillance luy proffitast, cetuy-cy en obeïssant à l'Empereur aspiroit à l'Empire. Ce n'estoit pas affection en Tibere, ains necessité: car il se vouloit seruir des ruses & tromperies de Sejanus pour ruiner la maison de Germanicus, & esleuer la sienne, & Sejanus proposoit d'aller à l'Empire sur les ruines des deux. Son pouuoir n'alloit pas si viste que sa volonté, qui rencontroit de grands empeschemens : car la maison des Cesars estoit encores toute entiere, le fils ieune, les neueux grands : il ne pouuoit ruiner tant de personnes à la fois : Pource la perfidie vouloit qu'il y eust de l'interualle en ses meschancetés, & qu'il commençast par Drusus au mesme temps que Tibere se desferoit de Germanicus.

Non tam beneuolētia prouexit quàm vt esset cuius ministerio ac fraudibus liberos Germanici circumueniret. Svet.

Dolus interualla scelerum poscebat. Tac.

Le piré conseil qu'il luy donna, fut de changer ce que Auguste auoit ordonné, & haïr ce qu'il auoit aimé: car la haine extreme qu'il porta à la maison de Germanicus, rèfroidit ceste premiere affection qu'il trouua quand il vint à l'Empire, au cueur des Citoyens courants aussi viste qu'il vouloit à la ruine de leur liberté, & la roülants à force de bras comme vn rocher dans le goulphe de la seruitude pour ne reuenir iamais au dessus.

Romæ ruunt in seruitium Consules, Patres, Eques. TAC.

Germanicus estoit & chery & aimé du peuple, parce qu'il estoit fils de Drusus, qui auoit autrefois entrepris de remettre le premier gouuernement de la Republique, & en auoit cõmuniqué le proiect à Tibere son frere: mais

Credebatur si rerũ potitus fo-

res, libertate redditurus. TAC.

cestuy-cy le trahit & le descouurit à Auguste. On croyoit que le fils auoit succedé au dessein du Pere, pour faire renaistre la liberté, & que s'il eut eu l'authorité souueraine il n'en eust pas vsé à la rigueur comme Tibere, mais doucemẽt cõme Auguste qui estoit Prince, & paroissoit citoyen, & ne desdaignoit de se mesler dans les recreations populaires. Pource Germanicus regnoit dans les cœurs, & Tibere ne regnoit que dans les prouinces : & comme il fut aduerty qu'il auoit pacifié l'Allemagne, qu'Agrippine sa femme y auoit fait tout ce que peut vn chef d'armée, pour monstrer son courage aux ennemis, sa liberalité aux soldats, sa prudence aux seditions, il en fut ialoux:

Augustus ciuile rebatur misceri voluptatibus vulgi. TAC.

ſa ialouſie degenera en vne haine mortelle. *Que reſtera-il plus*, diſoit-il, *aux Empereurs, puis qu'vne femme entreprend de commander aux hommes, viſiter les corps de garde, obligeant les ſoldats de paroles & de preſens?*

Nihil relictum Imperatoribus vbi femina manipulos interuiſat, ſigna adeat, largitionem tentet. TAC.

Sejanus qui n'aimoit point Agrippine, & cognoiſſoit l'humeur de Tibere, qui ne pouuoit ſouffrir qu'on chocquaſt l'authorité ſouueraine, qui eſt ſi delicate, que pour bellement qu'on la touche on la bleſſe, ne manquoit de diſcours pour entretenir la ialouſie & les ombrages, adiouſtoit la deffiance au ſoupçon, & au ſoupçon la peur, preparant de loing la haine de ce Prince à fin qu'en ſon temps elle eſclatraſt.

Odia in longũ iaciens, quæ recõderet auctáq; promeret. TAC.

Germanicus reuient d'Allemagne; toute la ville ſ'en

resiouyt. Tibere commande qu'on ne laisse sortir que deux compagnies des gardes pour luy aller au deuant: tout le peuple y court pour se dőner tant plustost le contentement de voir ce qu'il a si longuement desiré & attendu. Tibere en a vn tel despit qu'il se resout de faire perir ce braue Prince, qui ne faisoit qu'entrer au XXXIIII. an de son aage, & auoit desia autãt de reputation qu'vn autre en eut sceu acquerir en vn siecle.

Populus omnis vsque ad vicesimum lapidem se effudit. SVET.

Cela tardoit à Sejanus, qui pressé du desir de regner, croyoit que ce grand pouuoir qu'il auoit aux affaires, n'estoit que seruitude, tant qu'il en recognoistroit vn superieur. Tibere par son aduis enuoya Germanicus en Scla-

Sceleratis ingeniis, & plusquam ciuilia cupientibus non dominari instar seruitutis est. CALPVR.

uonie ſous couleur de l'honnorer des principales charges de l'Empire : luy donna pour Lieutenant Gn. Piſo, homme malin, ſuperbe, violent; auec pouuoir de veiller ſes actions, ſe mettre au deuant de ſes deſſeins. On dit que Sejanus luy donna par eſcrit le commandement de faire mourir ce pauure Prince.

Il l'execute. Germanicus paſſa en Egypte, & y eſtant voulut veoir le bœuf Apis, pour ſçauoir quelle ſeroit ſon aduenture. Il luy preſente à manger. Apis ne voulut rien prendre de ſa main; & cela fut prins pour ſigne certain de ſa mort. Il fut atteint d'vne maladie longue, doloreuſe & incurable, dont la violence redoubloit, par l'opinion que ce traiſtre l'auoit

Apis manum Germanici Cæſaris auerſatus eſt haut multò pòſt extincti. PLIN.

empoisonné : Le bruit en vint à Rome, & plus grand que le mal : car l'eslongnement le renforcoit. On n'entendit lors que pleurs & que plaintes ; *Et c'est pour cela*, disoit-on, *qu'il a esté relegué au bout du monde, qu'on a faict Piso son Lieutenant ; ce sont les menées de l'Imperatrice auec Plancina femme de Piso. Pauure Rome, on ne peut aimer ceux qui t'aiment, on n'ose murmurer contre ceux qui te ruinent* : & là dessus des imprecations vehementes & mortelles contre Sejanus.

Fama ex longinquo aucta. TAC.

On sceut par des marchāds d'Egypte qu'il commençoit à se mieux porter. Ces bonnes nouuelles furēt aussi tost creuës que publiées. Les rues sont trop estroites à la presse du peuple qui court aux temples pour en rendre graces à

Laetiora statim credita, statim vulgata. TAC.

Dieu. La nuict fauorise le bruit, & la creance semble plus facile & plus prompte dãs les tenebres. Tibere mesmes est esueillé de nuict par les cris de ioye: on n'entend par tout que ces mots, *Rome est sauuée, La Patrie est sauuée, Germanicus est sauué.*

Pronior inter tenebras affirmatio. TAC.

Salua Roma, salua patria, saluus est Germanicus. SVET.

Mais quand il sceut qu'il estoit mort, sa douleur fut d'autant plus grande qu'il croyoit qu'on le luy auoit rauy encore vne autre fois, & lon ne vit par tout que dueil, qu'affliction; mesmes quand on rapporta les dernieres paroles de Germanicus coniurant sa femme, ses enfans, ses amis d'inuoquer le secours des loix contre Pison pour vẽger sa mort, & luy tesmoigner leur affection, non par leurs larmes, mais par la sou-

Non præcipuum amicorum munus defunctum ignauo questu persequi. TAC.

uenance de ceste priere.

On doubte s'il auoit esté tué ou par le poison, ou par sorcellerie. On creut l'vn parce que son cœur ne se brusla point, & lon publia l'autre sur ce que lon trouua autour de luy des ossemés de morts, dês characteres & des charmes.

Cremati cor inter ossa incorruptum repertum est: cuius ea natura, vt tactum veneno igne confici nequeat. SVET.

Si tost que Piso fut de retour à Rome, les amis de Germanicus l'accuserent de ceste mort. Sa deffence fust hardie & courageuse, croyant que son garend seroit son Iuge, aimant mieux dependre du iugemẽt d'vn seul, que de la passion de plusieurs. Mais Tibere estant bien en peine de condamner le coulpable & absoudre sa conscience, le renuoya au Senat: Et Piso se voyant abandõné se fit mou-

Vera aut deterius credita iudice ab vno facilius discernuntur. TAC.

rir. Il auoit moyen de se purger en representant le commandement de l'Empereur, mais Sejanus l'en destourna par ses conseils, & le trompa par ses promesses. On ne laissa pour cela de crier autour du Palais, *Rendez-nous Germanicus*.

Per noctes creberrimê acclamatum est, Redde Germanicum. SVET.

Ceste mort fust comptée entre les prosperitez de l'Empereur; mais la fortune cõmença de troubler son esprit: car deslors il ne tint l'Empire, que comme vn loup par les oreilles, craignant qu'il n'eschappast, & eschappé ne le mordist. Il croyoit que chacun auoit dessein de le luy oster: il fit faire les horoscopes des principaux de Rome; & selon qu'on luy rapportoit que les astres leur promettoient d'exceller sur les autres, il les abaissoit, les releguoit, ou faisoit mourir. Il sceut que Galba y pouuoit arriuer; & le rencontrant le iour qu'il s'estoit marié, luy dit, *Et toy, tu gousteras vn iour de l'Empire.* Et neantmoins il n'entreprit rien contre luy, parce que ceste dignité luy estoit fatalement destinée.

καὶ σύ ποτε τῆς ἡγεμονίας γεύσῃ. DIO. & TAC.

Les moindres soupçons estoient crimes, les simples paroles capitales: regretter la liberté estoit se precipiter à la mort. On fit mourir vn Poëte, parce qu'en vne tragedie il auoit iniurié Agamemnon. Aucune offence ne passoit sans peines: il punissoit celles de Sejanus aussi rigoureusement que les siennes; car on luy faisoit croire qu'il receuoit le contre-coup de tout ce qui le blessoit. Les Princes

Omne crimē pro capitali receptum, etiam paucorū simpliciumq. verborū. SVET.

s'offensent quand on blasme leurs fauorits, parce qu'il semble qu'on accuse la foiblesse de leur iugement en l'eslection d'vn sujet indigne de leur faueur. L'ouurier est obligé de deffendre son ouurage; le Peintre se fasche si on iette de la bouë sur le tableau qu'il a fait. On recherche les vieilles fautes pour faire des nouueaux exemples de seuerité. Le Senat auoit ordonné qu'on esleueroit la statue de Sejanus sur le Theatre de Pompée que Tibere faisoit rebastir. Cremutius Cordus, piqué de ceste iniure à la memoire de Pōpée, s'escria que ce n'estoit pas le refaire, mais le defaire; & mettre Sejanus par dessus les testes des Romains, & esleuer vn simple soldat sur le

Quis non rumperetur supra cineres Gn. Pompeij constituere Seianum? SEN.

monument d'vn grand Capitaine. Il disoit vray, mais la verité n'excuse pas l'imprudence qui porte inconsiderément la censure sur les grãds.

Nouũ ac primùm auditum crimen. TAC.

Sejanus s'en souuint, & ne l'accusa pas de cela, mais il disposa Tibere de rechercher sa vie, de laquelle toutes les parties se treuuerent innocentes & loüables. Mais on examina ses escrits & vne histoire qu'il auoit faict d'Auguste, & qu'Auguste mesme auoit leuë; Il fut accusé de n'auoir assez exalté Cesar & Auguste, trop loüé Brutus, & nommé Cassius le dernier homme des Romains.

ἔσχατον ἄνδρα Ρωμαίων τὸν Κάσσιον. PLVT.

Ses accusateurs estoiẽt Satrius Secundus & Pinarius Natta, creatures de Sejanus, & ceste qualité rendoit la ruyne de l'accusé infaillible, &

& mettoit son innocence au desespoir. Le Iuge mesmes ne dissimula qu'il estoit assis, non pour l'ouïr, mais pour le condamner; non pour luy faire son procés, mais pour ordonner son supplice: car il n'entendit ses deffences que d'vn visage rabroüant & farouche. Aussi Cordus n'y entra pas pour sauuer sa vie, car il estoit asseuré de la perdre; mais pour l'honneur de la Verité, & la gloire de ses escrits. Il parle en ceste sorte.

Le credit des accusateurs, c'est le desespoir de l'accusé. *Sejani clientes, id perniciabile reo.* TAC.

Mes actions sont tellement innocentes, qu'on n'accuse que mes paroles, & encores elles n'offencent ny le Prince ny le Pere du Prince, qui seuls sont compris en la Loy de la Maiesté. On me blasme d'auoir loüé Brutus & Cassius, dont les actions sont recueillies par plusieurs, & n'y a personne

L'innocence des actiõs doit excuser la faute des paroles. *Verba mea arguuntur, adeò sum facterum innocens.* TAC.

qui les ayt rapporté ſans honneur. Tite-Liue à qui lon donne le prix de l'Eloquence & de la Verité, a loüé ſi hautement Pompée, qu'Auguſte l'appelloit Pompeïen: ce qui toutesfois n'altera l'amitié qui eſtoit entre eux. Il n'vſe point de ces noms, Brigans & Parricides, qu'on impoſe maintenant à Scipion, Afranius, à ce Caſsius, & à ce Brutus, mais il les appelle braues hommes & excellens. Les eſcrits d'Aſinius Pollio en font vne mention honorable: Meſſala Coruinus loüoit Caſsius comme ſon Empereur, & l'vn ny l'autre n'ont laiſſé pour cela d'eſtre puiſſans en richeſſes & honneurs. Le Dictateur Caſar ſe contenta de reſpondre en vne oraiſon par eſcrit comme deuant ſes Iuges au liure que Ciceron auoit fait pour eſleuer auſsi haut que le ciel Caton ſon enne-

Il n'y a point d'Hiſtorië qui ne ſe paſſionne pour l'vn ou l'autre party. Auguſte appelle Tite-Liue *Pompeianus.*

SCIPION perſonnage digne de toute loüange bellique. PLVT.

AFRANIVS Lieutenāt de Pōpée contre les Parthes & Arabes. PLVT.

CASSIVS ennemy des Tyrans dés sō enfance. PL.

BRVTVS bié voulu du peuple, aimé des ſiens, eſtimé des gēs de bié, hay de nul.

my. Les Epistres d'Antoine, les Harengues de Brutus reprochent à Auguste des choses fausses, & les rapportent auec beaucoup d'aigreur & d'animosité. On ne laisse de lire les vers de Bibaculus & de Catullus, quoy que farcis d'iniures contre les Cæsars. Iules & Auguste les ont soufferts & mesprisés. Et ie ne sçaurois dire bonnement si en cela ils ont monstré plus de moderation que de sagesse: car les mesdisances passent si on les mesprise, & il semble qu'on les auouë si on s'en offence. Ie ne parle point des Grecs, car non seulement leur liberté, mais encores leur temerité a esté impunie: & s'il y a eu du chastiment, ce n'a esté qu'en vengeant les paroles par les paroles: Mais il a tousiours esté libre, & sans reprehension de parler de ceux que la mort a affranchis ou de haine, ou de faueur. Veut-

Conuitia spreta exolescunt; si irascare agnita videntur. TAC.

Maximè solutum prodere de ijs quos mors odio aut gratiæ exemit. TAC.

en dire, que par mes escrits i'excite le peuple à se sousleuer & à prendre les armes pour la guerre ciuile, tandis que Cassius & Brutus sont armés en la campagne de Philippes? Il y a soixante & seize ans qu'ils sont morts, comme on le connoist par leurs images que les victorieux mesmes n'ont point abbatuës: aussi les escrits conseruent leurs memoires. La posterité rend à chacun l'honneur qui luy appartient, & si ie suis condamné il y en aura qui se souuiendront non seulement de Cassius & de Brutus, mais encores de moy.

Suum cuique decus posteritas rependet. TAC.

Il eut raison d'enrichir son discours des exemples de Cesar & d'Auguste; car l'Vniuers n'a rien veu d'egal à ceste genereuse bonté à pardõner les médisãces. Caluus Orateur, & Catulle Poëte

C. Caluo post famosa Epigrãmata de reconciliatione per amicos agenti vltrò ac prior scripsit. SVET.

auoient detracté furieusement de Cesar: la verité leur mit la honte au front & le repentir en la conscience. Cesar se contenta de cela, & voyant que Caluus desiroit son amitié, & ne l'osoit rechercher, la luy offrit par lettre expresse: quant à Catulle il le pria à souper le mesme iour qu'il auoit publié son Poëme contre luy.

Pour Auguste, ie ne treuue rien de pareil. Timagenes noble historien auoit escrit contre luy, sa femme, ses filles, toute sa maison. Il l'auise d'vser plus modestement, & de sa plume & de sa langue, mesme en sa maison & enuers ses amis: car Auguste le nourrissoit. Extreme ingratitude! il continue. Auguste contraint de rompre le prie de se

Timagenem Cæsar monuit vt moderatius lingua vteretur; per-

retirer. Asinius Pollio considerant plus la gentilesse de cet esprit que le respect de l'Empereur, le loge & l'entretient. Timagenes se declare tout à fait perpetuel ennemy d'Auguste, brusle ceste belle histoire qu'il auoit faite de son regne, pour dire qu'il ne meritoit pas qu'il parlast de luy, ou que le bien qu'il en auoit dit, estoit menterie. Auguste beut tout cela, & se contenta de dire à Pollio, *Vous nourrissés vn Serpent* : & Pollio voulant repartir pour s'excuser il luy ferma la bouche, & luy dit, *Gardez-le, mon amy, seruez-vous-en.* Est-il possible que Rome, sous vn tel Prince eust regret d'auoir perdu sa liberté ? Elle esprouua bien depuis ce qu'elle auoit per-

Sceleratiti demo sua interdixit. Postea in contubernio Pollionis Asinij consenuit. SEN.

Θηριοτρεφεῖς.

Fruere, mi Pollio, fruere.

du au change : c'estoit bien le mesme troupeau, mais ce n'estoit pas le mesme Pasteur.

Πρόβατα ταῦτα καὶ νῦν ἐστιν· ὁ δὲ ποιμὴν ἄλλος. D. Scip.

Il faut bien dire que Sejanus auoit estrangement corrompu le naturel de Tibere, rendant si seuere la punition des iniures de ses predecesseurs ; luy qui faisoit si peu de compte des siennes. Auguste luy auoit dõné ce conseil : car sur ce qu'il se plaignoit de sa dissimulatiõ contre ceste effrenée licence de mesdire de luy, il escriuit ces mots, *Tibere mon fils, ne flattés point en cela ny vostre ieunesse, ny vostre colere, pour croire qu'il y ayt personne qui parle mal de moy. C'est assés que nous pouuons empescher qu'on ne nous face point de mal.*

Satis est si hoc habemus, ne quis nobis malè facere possit. D. Avg.

Pour luy il se mocquoit des

ſatyres, & des bouffonneries que lon publioit contre luy, diſant que les eſprits & les langues deuoient eſtre libres en vne ville libre : & ſurce que le Senat en voulut faire informer, il dit : *Nous n'auons pas du temps de reſte pour nous embarraſſer en ces brouilleries ; & ſi nous ouurons ceſte feneſtre, il ne faudra faire autre choſe.*

Non tantum habemus otij, P. C. vt implicare nos pluribus negotijs debeamus. Si hanc feneſtram aperueritis, nihil aliud agi ſinetis. D. TIB.

Cordus donc ayant parlé ainſi hardiment & elegamment, ſe retira en ſa maiſon, fort irreſolu de ce qu'il deuoit faire. S'il veut viure, il faut qu'il prie Sejanus ; ſi mourir, ſa fille : Tous les deux ſont inexorables. Son courage ne luy permettant de s'humilier à l'vn, il ſe reſout de tromper l'autre. Il fait croire à ſa fille qu'il vou-

Si viuere vellet, Seianus rogandus erat ; ſi mori, filia : vterque inexorabilis. Conſtituit filiam fallere. SEN.

loit prendre le baing pour quelques iours, & pour mieux couurir son dessein fait apporter son soupé en sa chambre, en reserue vne partie, faisant semblant de l'auoir mangée, & donne le reste par la fenestre. Le lendemain il ne veut rien prendre, & lon ne le presse point, parce qu'il disoit auoir trop mangé le iour precedent. Il continuë ceste abstinence iusques au quatriesme iour qu'il laissa choir son masque, estant desia si abbatu qu'il ne pouuoit plus se desguiser. Sa fille le vint veoir, le coniure par ses prieres & par ses larmes de viure, & pour elle & pour luy. Ceste priere vient trop tard. Sa vie est quasi toute escoulée, il est à la derniere heure qui

Quarto die ipsa infirmitas corporis fecit indicium. SEN.

La derniere heure ne fait pas la mort, mais elle l'acheue.

l'acheue : & lors il embrasse sa fille, & luy dit : *Martia, ie suis trop auant dans le chemin de la mort, pour rebrousser ; i'en ay quasi fait la moitié : tu ne dois & ne sçaurois me retenir.* Cela dit, il fit esteindre les flambeaux pour se cacher & couler plus paisiblement dans les tenebres. Ses seruiteurs, voyant sa resolution si entiere & si auancée, ne furent pas marris que les loups eussent failli leur proye. Et ce fust lors que les accusateurs, par le commandement de Sejanus coururent aux Consuls, pour leur dire que Cordus se mouroit, c'est à dire qu'il leur eschapoit. On mit sur le tapis ceste question, *Si lon pouuoit empescher les accusés de se faire mourir* : mais cependant que on dispute pour la resoudre

Iter mortis ingressus sum, & iam mediũ fere teneo: reuocare me nec debes nec potes. SEN.

Magna res erat in quæstione, an morin rei perderẽtur: dum deliberatur, dũ accusatores iterũm adeunt, ille se absoluerat. SEN.

& le condamner, il s'absout luy mesmes.

Ses liures furent bruslés par les Ediles, la calamité de l'autheur, & l'excellence du stile les rendirent plus celebres, & les firent rechercher & estudier plus curieusemẽt. Martia les conserua & les remit au monde pour renouueller la memoire de son pere, qui les auoit escrits de son propre sang, qui estoit demeuré ferme & inuincible, lors que chacun presentoit la teste au ioug de Seianus, & auoit retenu au discours, à la main & en l'entendement l'ancienne liberté. Les Princes se trompent de se passionner pour esteindre les escrits qui leur deplaisent: la deffence en donne l'enuie, & la difficulté en appreuue la cu-

Scripta auctoris calamitate ἀξιοσπουδαστότερα. DIO.

Vir Romanus qui subactis iam ceruicibus omniũ & ad Seianianũ iugum adactis indomitus fit, homo ingenio, animo, manu liber. SENEC.

Præsenti potētia nō extinguitur sequētis æui memoria. TAC.

riosité. Si la peur les supprime durant leur vie, ils paroissent plus hardis quand ils ne sont plus. La peine des escriuains augmente la reputation des escrits : la punition est odieuse, celuy qui la donne en est blasmé, & celuy qui la souffre en a l'honneur.

Punitis ingeniis gliscit autoritas. TAC.

Ainsi Cordus non pour auoir offencé le Prince, mais pour auoir despleu à Sejanus, est si mal mené, qu'il est contraint de se tuer soy-mesme. Cela augmente extremement la haine publique, & les gens de bien qui voyent sa prosperité sans enuie ne peuuēt voir son orgueil sans colere, lors qu'impudemment il recerche l'alliance des Princes, propose le mariage de sa fille auec le fils de Claudius. Il n'y a personne

Drusus filiam Seiani

qui ne ſoit ſcandaliſé de ceſte temerité, & les nobles familles plaignoient celle des Ceſars, pour la veoir deshonorée par l'alliance d'vn hōme qui n'auoit point d'honneur: ſes peres ne luy en auoient point acquis, il n'en pouuoit laiſſer à ſes enfans, n'eſtoit loüé que de ceux qu'il n'oſoit loüer.

deſpondiſſe quo magis mirer fuiſſe qui tradurent fraude à Seiano necatum. SVET.

Druſus ne peut ſouffrir ceſte inſolence, ny que Tibere ſon pere prefere les conſeils & les affections eſtrangeres aux naturelles. Il ne ceſſe de dire à ſa femme qui le trahit, & à ſes amis qui le trompent, que peu s'en faut que Seianus ne ſoit le collegue comme il eſt le coadiuteur de Tibere, & ſes enfans parens de Druſus: que ſon ambition a de profonds diſcours, qu'il

Secreta eo ri, corrupta vxore produntur. TAC.

n'eſt pour en demeurer là: car les premieres eſperances de la domination ſont difficiles; mais quand on y eſt arriué, les moyens de s'y maintenir ne manquent iamais. Il diſoit cela ſouuent, & à pluſieurs; c'eſtoient ſes plaintes ordinaires. Vn eſprit affligé ne ceſſe de ſe plaindre & porte touſiours la main ſur la bleſſure.

Primæ dominandi ſpes in arduo; vbi ſis ingreſſus, adſunt ſtudia, & miniſtri. TAC.

Ce Prince portoit vne haine extreme à Sejanus: il eſtoit ſi prompt à frapper, qu'on le ſurnommoit Caſtor, & ne pouuant plus ſupporter ce galand qui faiſoit du compagnon auec luy, il hauſſa la main le menaçant, & l'autre ſe mettant ſur la deffence preſenta la ſienne pour parer le coup, & Druſus luy bailla ſur la ioüe. Dion & Zonare

Selon les naturels on donne les ſurnõs; pource Dion dit que Druſus fut ſurnommé Caſtor, & que les eſpées bien pointuës eſtoient appellées Druſiénes, τὰ ὀξύτατα τῶν ξιφῶν Δρουσιανά. DIO.

escriuent que Sejanus frappa Drusus, mais il n'y a point d'apparence qu'il eust cette hardiesse cōtre le fils de l'Empereur, ieune, courageux, associé à l'Empire, & tenant la puissance de Tribun, la plus grande apres la souueraine.

Tribunitia potestate sūmi fastigij vocabatur. TAC.

Le poignard doit porter la repartie du soufflet, & en est le correlatif; mais les coups qui viennent de la main du Prince, ne doibuent estre receuz qu'auec patience & humilité. Celuy qui peut tuer, oblige quand il ne fait que blesser. Ceste offense si fraische renouuella celles qui par le temps estoient quasi flaistries en l'ame de Sejanus. L'histoire pourtant ne dict point qu'il en fist aucune plainte, ny que Tibere tançast son fils d'auoir outragé en ceste sorte celuy qu'il auoit choisi sur tous pour l'ayder à supporter les principalles charges de l'Empire : car c'est vne mauuaise conduite de rechercher les occasions qui peuuent irriter l'Empereur contre le Prince.

Tib. Seianus singularẽ principalium operum adiutorem in omnia habuit. VELL.

N'osant s'en plaindre il se resoult de s'en venger : & comme la vengeãce est tousiours ingenieuse à treuuer des moyens de satisfaire à l'offensé, il ne treuua meilleur coing pour fendre ce nœud, que de le prendre du bois mesmes, & gaigner la femme pour perdre le mary. Elle estoit belle, & sa beauté n'estoit pas bien d'accord auec son honneur. Elle consentit aux poursuites de Sejanus, à qui lon ne refusoit rien, parce que Tibere luy

Rara est concordia formæ, Atque pudicitiæ. IVVEN.

39

donnoit tout. La cognoissance fit l'affection: ce qui n'estoit au commẽcement que amour, deuint adultere, & l'adultere venefice. Estrange aueuglement! la niepce de Auguste, la belle-fille de Tibere, la fille de Drusus, la sœur de Germanicus, la femme du fils de l'Empereur, la mere de deux Princes capables d'arriuer à l'Empire, flestrit son honneur, deshonore sa maison pour consentir au plaisir d'vn homme de ville. Mais les grãdes beautés veulent estre admirées, & les puissantes faueurs sont recherchées. Sejanus pouuoit tout par sa faueur, Liuia estoit aimée de tous pour sa beauté. Demãder pourquoy on aime ce qui est beau, *c'est vne question d'Aueugle*: mais

Se ac maiores & posteros, municipali adultero fœdabat. Tac.

Sur ce que on demãdoit à Aristote

c'eſt n'auoir des yeux ailleurs qu'en la teſte de vouloir que les grands ne puiſſent ce qui leur plaiſt.

pourquoy on aime ce qui eſt beau, il reſpondit, τυφλοῦ τὸ ἐρώτημα.

Ayant donc le corps à ſa diſpoſition, il mania le cœur comme il vouluſt: le premier crime fuſt la planche à tous les autres. Quand vne femme a perdu ſa pudicité, elle n'a plus rien à perdre, ny à refuſer. L'amour auoit fait l'adultere, l'ambitiõ fit le meurtre, & de l'vn on paſſa hardiment à l'autre. Sejanus iette en ſon eſprit la cupidité d'eſtre féme d'Empereur: elle croit qu'il peut ce qu'il dit; car Tibere ne regnoit qu'en ſa perſonne, & ſous ſes voleries. Elle eſcoute & gouſte cela, & le plaiſir qu'elle monſtre par ſon attentiõ n'eſt pas fort eſlongné

Femina, amiſſa pudicitia, alia flagitia non abnuit. TAC.

Et tient pour aſſeuré, d'aiſe preſque eſperdu, Qu'vn fort qui de son consentement. Les volontés accordées pour l'amour s'vnissent pour le mariage, & conspirent à mesme dessein d'en rompre les empeschemens; Sejanus par le diuorce d'Apicata, & Liuia par la mort de Drusus.

parlemente est à demy rendu.

Mais comme les grandes meschancetés ne se peuuent esclorre si viste: car la crainte y apporte l'irresolution, la frayeur y met le retardement, & la longueur augmente les difficultés: ils n'eurent tant de peine à resoudre l'acte qu'à trouuer les moyẽs, & la forme. L'ordre & le secret qui se doit garder exactemẽt aux actions d'importance, ne furent pas oubliés en ceste meschanceté. Ils resolurent de l'empoisonner: & considerants que si le poi-

Magnitudo facinorismetum, prolationes, diuersa interdũ consilia adfert. TAC.

ἐν τῷ ἔργῳ κόσμον καὶ σιγὴν περὶ πλείστου ἡγεῖσθε. D. Phorm. ex Thucy.

ſon ſe donnoit en ſes viandes, quelqu'vn y pourroit eſtre pris & trompé, ils aduiſerent de le meſler dans vne medecine qu'on luy feroit prendre, & agiroit ſi lentement que la mort ſeroit imputée à la nature & à l'accident, non à la violence & à la perfidie.

Eudemus amicus ac medicus Liuiæ ſpecie artis frequens ſecretis. TAC. *Adulteria etiam in Principũ domibus, vt Eudemi in Liuia Druſi Cæſaris.* PLIN. *Rumor, Seianum Lygdi ſpa-*

Liuia y employa Eudemus ſon Medecin, qui en ceſte qualité, & à la faueur de ſa profeſſion eſtoit ordinaire en ſon cabinet. Tacite dit qu'il eſtoit ſon amy, Pline ſon adultere. Sejanus gaigne Lygdus Eunuque, des principaux & plus confidens domeſtiques de Druſus, & pour lier ſon cœur plus eſtroitement au ſien, abuſe vilainement de ſon corps qui eſtoit ieune & beau. Les infames conſpirent à vn attentat execrable : Sejanus aſſaſſin le machine, Liuia adultere y apporte le conſentement, Eudemus ruffien compoſe la drogue, Lygdus bardache la preſente. Quatre perſonnes qui meritent que leurs cœurs qui ont formé & conceu ce monſtrueux attentat ſur le fils vnique du Prince, ſoient deuorés perpetuellement de ſeize vautours. Ils perirent tous miſerablemẽt, & ainſi puiſſent perir ces furies qui entreprennent ſur les Princes.

donis animum ſtupro vinxiſſe. TAC.

Iupiter dit à Promethée, qu'il merite que ſon cœur & ſon foye ſoient deuorés ὑπὸ ἑκκαίδεκα γυπῶν. LVCIAN.

Druſus ſans ſe desfier prit de la main de Lygdus ſon Eunuque ceſte mortelle medecine, & ce qu'il croit ſeruir à ſa ſanté aduãce ſa mort : mais ſi peu violemmẽt que la langueur & la longueur oſterent

Ordo sceleris per Apicatam Seiani proditus, tormentis Eudemi ac Lygdi patefactus est. TAC.

le ſoupçon du poiſon. Mais le temps qui deſcouure tout tira des tenebres la verité, & Apicata femme de Sejanus, huit ans apres en donna le premier indice. Que peut celer vne femme, & vne femme courageuſe bleſſée en ſon honneur, & bãnie de la compagnie de ſon mary par vne adultere? Eudemus & Lygdus confeſſerent tout dans les torments.

Seianus facinorum omnium repertor habebatur, ex nimia caritate in eum Cæsaris. TAC.

Les actions de Sejanus eſtoient ſi deſcriées, & Tibere pour le fauoriſer ſi hay, qu'eſtant deſia diffamé de meſchancetés ſi fameuſes & inſignes, on creut qu'il auoit fait mourir Druſus par la main de Tibere, luy mettant en teſte que ſon fils pour regner auoit reſolu ſa mort, & qu'il prit garde quand il diſneroit chez luy de ne boire le premier traict qu'on luy presenteroit: Que Tibere receuant la coupe de la main de l'Eschanson l'auoit presenté à Drusus, & que la honte & la crainte ne luy permettant de le refuser, il aualla le poison preparé à son Pere: Imposture sans apparence & sans fondement.

Il n'eust pas esté si aisé à Drusus de faire ceste meschanceté, car le Pere ne prenoit rien sans essay, & la coustume auoit esté apportée de la Cour des Roys de Perse en celle des Empereurs depuis Auguste. Lon fera Tibere tant cruel que lon voudra, on ne sçauroit luy oster l'honneur de Prince sage, fin & deffiant, & il seroit blasmé d'vne grande imprudence

Celuy qui faisoit l'essay est appellé dans les inscriptions antiques, *A potione*, ou *Pragustator*, par Xenophõ *οἰνοχόος*, par Athenée *προγεύστης*.

s'il pense à faire mourir son fils sur vn simple aduis de Sejanus, & premier que d'estre informé exactement de la cause & des complices de ceste coniuration.

Atrocior semper fama erga dominantium exitus. Tac.

Cela n'est venu que de la malignité des bruits peu fauorables aux actiõs des Princes. Tout ce que Tibere a faict se treuue curieusement recueilly & publié, mais iamais il n'y eust personne si transporté de haine & de passion pour deshonorer sa memoire qui luy ait reproché ce parricide. Il ne faut receuoir sans soupçon tout ce que le bruit appreuue, ny preferer les choses incroyables, quoy qu'elles soient publiées & recueillies auidement, à ce qui est veritable, & que lon desguise souuent

Diuulgata atque incredibilia auidè

uent de faussetés apparentes, & de vaines merueilles, pour mettre l'estonnement dans les esprits.

accepta, non sunt antehabēda veris, neque in miraculū corruptis. TAC.

Ceste mort rendit l'esperance de la succession aux enfans de Germanicus ; & quoy que le Senat pour l'amour de Tibere deplorast cét accident, les larmes estoient feintes, & les regrets sans douleur ; car il n'y auoit personne qui ne fust trescontent de veoir que par ceste mort, la maison de Germanicus commençoit de renaistre. Aussi Drusus n'estoit aimé que pour la haine extreme que lon portoit à son Pere ; car il estoit fort desbauché, & comme le vice d'autruy desplait mesmes aux vicieux, son Pere le tançoit souuent de ces humeurs fa-

Simulatio habitum ac voces dolentium induit. TAC.

rouches & superbes, qui le rendoient *tres-querelleux & tres-cruel*. Mais le peuple excusoit tout cela, disant qu'il valoit mieux qu'il passast la nuict aux festins, le iour aux Theatres que de languir au chagrin de la solitude dans des veilles tristes, & des mauuaises pensées.

ἀσπλγέσα-
τες καὶ ὠ-
μότατος.
DIO.

Solus & nullis voluptatibus auocatus mæstam vigilãtiã, & malas curas exercet.
TAC.

Les larmes de Tibere incontinent taries, il alla au Senat chercher sa consolation dans les affaires; & voyãt que les Senateurs s'estoient assis en bas, les fit monter, les aduisant de la reuerence du lieu, & de la dignité de leurs charges, & vsa de ces paroles pour releuer leurs esprits que la douleur auoit abbatus.

Negotia pro solatiis. TAC.

Les Consuls estoiẽt assis en haut sur les Selles curules, & les Senateurs en bas, & apres eux, les Præteurs & les Tribuns.

Messieurs, on me pourroit blasmer de ce qu'en vne douleur si fresche, ie me treuue icy; & sçay bien que ceux qui sont en deuil ne peuuent souffrir le iour, ny les condoleances de leurs plus proches: mais comme ie ne rapporte cela à foiblesse de cœur, aussi desiré-ie de vous tesmoigner que ie n'ay recherché plus fort allegement en mon affliction que les embrassements de la Republique.

La Coustume du deuil estoit de ne bouger de la maison, & ne veoit le iour: *vix dies à plerisque lugentium adspicitur.* TAC.

Il dit aussi que l'extreme vieillesse de l'Imperatrice luy ostoit l'esperance d'auoir lignée, que ses petits fils estoiẽt en bas aage, qu'il auoit desia fait plus que la moitié du tour de sa vie, qu'il les prioit de faire entrer les enfans de Germanicus, l'vnique remede & consolation des maux qui le pressoient maintenant. On enuoye querir Nero & Drusus: les Consuls sortent du Senat pour les receuoir, & apres leur auoir dit

Germanici liberi vnica præsentium malorum leuamenta. TAC.

Egressi Consules firmatos alloquio adolescentulos deductósque ante Cæsarem statuunt. TAC.

quelques paroles pour les rasseurer, les conduisent deuant l'Empereur, qui les prenant par la main dit :

Messieurs, Quand ces enfans perdirent leur Pere, ie les remis à Drusus mon fils leur cousin, & le priay, encores qu'il eut des enfans, d'en auoir autant de soing comme de son propre sang, les esleuer & conseruer pour soy, & pour la posterité. Maintenat que Drusus leur a esté raui, ie vous addresse mes prieres, & vous coniure deuant les Dieux & la Patrie qu'en faisant ce qui est de mon deuoir & du vostre, vous preniés la conduite & le soing des Neueux d'Auguste, qui sont descendus d'hommes grands & illustres.

Puis iettant les yeux à ces petits, leur dit : *Mon mignon Neron, & vous Druse, ces Seigneurs que vous voyés sont vos*

Peres: la condition de vostre naissance est telle, que l'estat a interest & au bien & au mal que vous ferés. Le Senat ne respondit que par les larmes, les veux, & les prieres; & ce discours eust seruy à la gloire de Tibere, s'il n'y eust adiousté les mesmes promesses dont on s'estoit si souuẽt moqué; *qu'il vouloit remettre Rome en sa premiere liberté, & laisser le gouuernemẽt, ou aux Consuls, ou à quelque autre.* Ces dernieres paroles estoient si eslongnées de l'intention de celuy qui les proferoit, & de la creance des escoutans, qu'elles osterent aux premieres toute l'estime que la verité & l'honnesteté leur pouuoient donner.

Tout cela n'estoit que pure piperie: ce mauuais Prince ne pensoit qu'à ruiner entie-

Ita nati estis vt bona malaq; vestra ad Rempub. pertineãt. TAC.

En ces occasiõs l'on auoit des mots propres de ioye & de souhait entre les Grecs, ἀγαθῇ τύχῃ, & les Latins, *Quod faustum felixq; sit.*

Vana & irrisa vero & honesto fidem adimunt. TAC.

rement la maison de Germanicus, que la mort de Drusus remettoit en credit. On fit les funerailles sur le mesme ordre de celles de Germanicus, & plusieurs autres magnificences y furent adioustées: car les dernieres flateries en sont tousiours plus liberalles. Tibere fit l'oraison funebre, & le corps de son fils estant deuant luy n'eust le pouuoir de faire mouiller ses yeux, ny de plier sa grauité, regardant sans s'esmouuoir le peuple qui pleuroit sa perte & ressentoit sa douleur. Seianus estoit à son costé, & ne consideroit pas que cet acte luy monstroit de quelle trempe estoit le cœur de ce Prince, puis qu'il supportoit si patiemment la perte des siens. Pensoit-il qu'vn Prin-

Addit semper aliquid posterior adulatio. TAC.

ce qui auoit si peu de ressentiment pour la mort de son fils, se soucie de celle de ses seruiteurs? Ce n'est pas estre fin que de ne connoistre les humeurs de son maistre, & s'asseurer en ses faueurs.

Tiberius flente populo Romano non flexit vultum: experiendum se dedit Sejano ad latus stati quàm patienter possit suos perdere. SEN.

La mort donc de Drusus ouurit & asseura aux enfans de Germanicus la couronne Imperiale: mais Agrippine leur mere descouurant trop librement ses esperances, aduança leur ruine & les desseins de Sejanus, qui voyant ses meschancetés prosperer, la vengeance de ceste mort negligée, ne pensa plus qu'à couper la gorge à la mere & aux petits.

Cela toutesfois ne se pouuoit faire, comme on le proiettoit: car de penser corrompre Agrippine ainsi que

Liuia, il n'y auoit nulle apparence; elle estoit d'vne pudicité inuincible & impenetrable: donner du poison aux trois ensemble, il estoit impossible, & separément fort difficile, tant estoit grande la fidelité & la vigilãce de leurs seruiteurs. D'ailleurs, on ne pouuoit pas traicter ceste Princesse comme les autres femmes: toute la ville estoit pour elle; la calomnie la plus hardie & effrontée ne l'eust osé attaquer: elle marchoit fermement entre la ialousie de Tibere, & l'ambition de Sejanus, qui ne treuuoit plus court chemin pour la ruiner que d'animer contre elle l'Empereur en luy faisant apprehender son courage & ses esperances.

Spargi venenum in tres non poterat, egregia custodum fide, & pudicitia Agrippinæ impenetrabili. TAC.

Les Pontifes, & à leur

exemple, les autres Prestres en faisant les prieres pour la prosperité de Tibere, recommãdoiẽt aux mesmes Dieux Neron & Drusus, enfans de Germanicus, non tant pour l'amour d'eux que par flatterie; car les mœurs estoient si gastées qu'il n'estoit pas plus dangereux de flatter trop que de ne flatter point.

Adulatio moribus corruptis perinde anceps, si nulla, & vbi nimia est. TAC.

Tibere se fascha de veoir ceste ieunesse aller du pair auec sa vieillesse, & demanda aux Pontifes, s'ils auoient fait cela par les prieres ou menaces d'Agrippine; & respondans que non, il les en tança, mais doucement, car ils estoient pour la plus part ou parens d'Agrippine, ou des premiers de la ville. Il alla exprés au Senat sur ce suject, fit vn grand discours pour

Mobiles adolescentium animi præmaturis honoribus ad superbiam non extollendi. TAC.

leur monstrer que delà en auant les esprits des ieunes gens foibles & muables ne deuoient estre poussés à l'orgueil par les honneurs qu'on leur donnoit deuant le tẽps. Sejanus faisoit grande instance sur cela, disant que la Ville estoit diuisée comme en la guerre Ciuile, que le party d'Agrippine estoit formé, & que si l'on n'y resistoit le nombre en seroit plus grand : que l'on ne pouuoit donner autre remede à la discorde qui commençoit de poindre & pousser qu'en faisant mourir promptement vn ou deux.

Nullum aliud glissentis discordiæ remedium, quàm si vnus alterue maximè prompti subuertantur. TAC.

Delatores genus hominum publico exitio repertum, & pœnis

Il n'y auoit seureté que pour les delateurs, gẽs cruels que le Desordre auoit treuué pour ruiner & gaster tout, & qui estoient tant supportés que leur calomnie demeuroit, non seulement impunie, mais recompensée. Plus ils estoient fermes & roides à soustenir le faux, & brauer l'innocence, plus on les gratifioit; n'estãt non plus permis de les offenser que les choses sainctes & sacrées: Les autres qui permettoient à leur conscience de les dementir, & ne s'opiniastroient contre la verité estoient méprisés & punis.

quidem nunquam satis coercitum, per præmia eliciebantur. Tac.

Vt quis districtior accusator, velut sacrosanctus erat: leues, ignobiles pœnis adficiebãtur. Tac.

Vibius Serenus Proconsul de la basse Espagne, fust accusé par son fils d'auoir conspiré contre l'Empereur, & enuoyé des gens aux Gaules pour sousleuer & esmouuoir les peuples. Il comparut auec la crasse & l'ordure qu'il auoit pris au cachot; & quoy qu'il vit sa vie en peril, ce fust

Miseriarũ ac sæuitiæ exemplum atrox, reus pater, accusator filius. Tac.

d'vn front ferme deuant ses Iuges, & d'vn œil d'indignation & de menace contre son fils qui estoit tout gentil & paré. Trepignant des pieds de colere, & faisant du bruit auec les fers & les chaisnes qu'il portoit, il leua les mains au Ciel, pria ses Dieux de le renuoyer en exil, punir l'ingratitude & l'impieté de son fils. La nature tant indignement outragée luy permettoit ces imprecations, & ne pouuoit souffrir qu'il se monstrast pere contre ce malheureux qui s'estoit reuolté contre son deuoir. Le Pere se doit contenter d'vne legere peine pour vne extreme faute; mais ceste desloyauté estoit si estrange qu'elle tira de son cœur ceste priere aux Dieux pour le chastier. Par

Quoy que fasse le fils, le Pere ne se doit dépouiller de l'office de Pere pour faire celuy de Iuge : *pro peccato magno paululum supplicij satis est Patri.*

tout où lon treuue des monstres, on les estouffe sans considerer d'où ils sont venus: on entretient les oiseaux qui sont venus des forests, on tuë les scorpions qui sont nés à la maison.

In syluis ortas auiculas pascitis, & domi natos scorpiones occiditis. PETR.

Ceste contenance si asseurée imprima en l'esprit des Iuges l'opinion de l'innocence du Pere, & fit veoir la meschanceté du fils, lequel estrayé du remord de sa conscience, du bruit du peuple qui le menaçoit de la prison, des coups de pierre, & du supplice des Parricides, s'enfuit à Rauennes, d'où Tibere le fit reuenir, le contraignãt de poursuyure son accusation; car il vouloit en toute façon se deffaire de Serenus, ayant sur le cœur le desplaisir d'vne lettre qu'il luy auoit escrite huit ans auparauant, en termes plus arrogans que des oreilles superbes & delicates aux offenses ne pouuoient supporter. Les Senateurs opinerẽt là dessus. Gallus Asinius fust d'aduis que on le releguast aux isles de Giare, ou de Donuse: ce qu'il ne treuua bon, parce qu'il n'y auoit point d'eau en l'vne ny en l'autre, & qu'il estoit raisonnable de donner moyen de viure à ceux à qui on laissoit la vie. Cruelle pitié! il vouloit que les commodités de la vie seruissent à la durée & entretenement des miseres de la peine.

Haud tantum contumacius lequi apud aures superbas & offensioni proniores. TAC.

Dandi vitæ vsus cui vita conceditur. TAC.

Il estoit permis au plus meschant d'attaquer le plus hõme de bien, luy dire des iniures, & luy faire des affronts: les Maistres n'osoient menacer ny de parole, ny de main leurs seruiteurs. Il n'y auoit excez qui ne fust couuert, pour ceux qui se pouuoient couurir de l'image de Cesar. La mesme franchise qui asseuroit le criminel, donnoit aussi l'asseurance & l'occasion de commettre le crime. Ce grād respect que lon portoit à Tibere estoit ailleurs qu'à Rome, où ses statues estoient aussi venerables que celles de Iupiter Olympien: de maniere qu'vn maistre fut condamné d'impieté, parce qu'il auoit frappé son seruiteur portant vne piece d'argent où estoit empreinte l'image de Cesar.

La religiō a donné aux temples des Dieux la franchise & la flatterie aux statuës des Princes: la coustume en fust à Rome depuis Iules Cesar.

Annia Rufilla auoit esté condamnée de faux par le Senat à la poursuyte de Cestius. Despitée de cela elle l'attendit à l'entrée du Palais, proche l'effigie de Tibere, d'où comme d'vn lieu de Malediction elle tira contre luy toutes ſortes d'iniures, qui ſont les armes des ames foibles. Ceſtius n'en oſa demander reparation, parce qu'elle l'auoit iniurié à la faueur & proche de l'image de Tibere. Il en fit plainte, & dit en plein Senat ces paroles memorables: *Les Princes tiennent le lieu des Dieux, mais les Dieux n'exaucent que les iuſtes prieres des ſupplians. Il n'y a perſonne qui coure au Capitole, ny aux autres Temples de la ville comme à vn refuge pour commettre quelque meſchanceté: mais les loix ſont abolies & renuersées iuſques aux fondements, puis qu'en la place publique & à l'entrée du*

Le lieu où Theſée maudiſſoit les Atheniens au bourg Gargettus fuſt appelé *Araterion* lieu de malediction. PLVT.

Principes inſtar Deorum ſunt, ſed neq. à Dijs niſi iuſtæ ſupplicum preces audiuntur. TAC.

Palais on est contraint d'endurer des iniures, & d'ouïr des menaces, sans qu'on puisse esperer Iustice pour le respect de l'effigie de l'Empereur.

Non licet ius experiri, ob effigiem Imperatoris oppositam. TAC.

Quand l'Histoire n'auroit dit que cela pour nous representer l'estat du miserable regne de Tibere, il y en auroit assez pour en recognoistre la violence & le desordre. Triste estoit lors la condition du Citoyen Romain : il y auoit du peril à parler & à se taire. Les seules pensées passoient sans tribut & sans danger, pourueu que la contenance ne fit paroistre, ou de la ioye pour Agrippine, ou du despit contre Sejanus.

Ce pouuoir absolut qu'il auoit sur les biẽs des Romains faisoit dire aux vns qu'il estoit bon de demeurer à Rome, & d'auoir ſon bien hors l'eſtenduë de l'Empire.

O Vacia ſolus ſcis viuere. SEN.

Vacia homme riche, & qui auoit veſcu à la Cour ſe retira en ſa maiſon des champs, ne trouuât autre retranchement contre la violence du temps que la ſolitude. Il eſtoit bien difficile aux hommes de ce temps-là de ſ'y reſoudre; car ils croyoient que qui le faiſoit de ſon mouuement ſ'eſlongnoit tellement de la nature qu'il ſe mettoit par deſſus elle auec les Dieux, ou au deſſous d'elle, auec les beſtes. Toutes les fois que l'amitié d'Aſinius Gallus parēt d'Agrippine, ou la haine de Sejanus, auoit ruiné quelqu'vn, & qu'apres ſa defaueur tous ſes amis furent perſecutés, les hommes de ce

ἢ θηρίον ἢ θεός. ARIST.

Æquè offendiſſe Seianum quàm a-

temps-là s'escrioient, O Vacia, il n'y à que toy qui sçache viure. *masse periculosum fuit.* SENEC.

La vie solitaire estoit la plus asseurée, la ciuile plus perilleuse, & la rustique la plus agreable, aussi est-elle la maistresse de l'espargne, de la diligẽce, de la droicture & simplicité: Elle n'estoit toutesfois auec l'honneur, & ne donnoit tant de contentement qu'autrefois lors que les grands Capitaines alloiẽt du Triomphe à la charuë, du labourage aux armes, & de la maison au Senat. La terre prenoit plaisir en ce tẽps de donner des fruicts en abondance & recognoistre le labeur de ces mains victorieuses, qui la cultiuoient par vn coutre couronné de laurier.

Vita rustica parsimoniæ, iustitiæ ac diligentiæ magistra. CIC.

Attiliq manus rustico opere attritæ, salutem publicã stabilierunt. VAL.

Gaudebat tellus vomere laureato. PLIN.

Ce torrẽt d'orgueil & d'insolence se deborde : il n'y a plus personne qui l'arreste, tout ce qui le pouuoit retenir est abbatu. Tibere est blasmé de sousmettre la fortune de l'Empire à la discretion d'vn homme seul, & ses volontés à celles de son valet.

Il n'est pas seur de cõmettre tant & de si grandes charges à la fortune d'vn seul. *Par. de Fabius.*

Parmy cela Sejanus a des espines dans le cœur par les crieries ordinaires de Liuia, qui ne cesse de le sommer de sa parole, legitimer leurs amours, & changer le nom de Maistresse en celuy de femme. Sejanus luy donne des paroles pour des effects ; elle se met en colere ; il l'appaise ; elle pleure, il la flatte, & luy dit cõme les Nourrices aux enfans, *Ne plorés pas & vous l'aurés.* Mais la patience luy

La raison doit dire à la colere ce que la Nourrice

eschappe: son cœur est comme vne mine qui esclatte auec plus de ruine & de bruit, plus elle est contrainte & forcée. Il se laisse emporter à l'ambition de ceste femme qui pensoit d'espouser auec son mary le tiltre d'Auguste, & pour la contenter descoure son dessein à l'Empereur; le supplie d'agréer le mariage. Il luy presẽte sa requeste; & quelque faueur qu'il eut, il ne rompit l'ordre de ne traiter auec le Prince que par escrit. Elle portoit: *Que par la bien-veuillance d'Auguste, & les preuues de celle de Tibere, il auoit accoustumé de ne porter ses esperances & ses veux aux Dieux premier qu'aux oreilles de ses Princes. Qu'encores qu'il n'eust iamais desiré l'esclat des honneurs, aymant mieux trauail-*

dit à l'enfant. *Ne plorés pas, & vous l'aurés.* PLVT.

Seianus nimia fortuna secors, & muliebri cupidine incensus. TAC.

Cesar introduit la coustume de ne parler d'affaires à l'Empereur que par escrit, afin de dõner du temps au Prince pour considerer la demande.

Spes & vota nõ priùs ad Principũ aures quàm ad Deos. TAC.

ler & veiller comme simple soldat au salut de l'Empereur, ce neantmoins il en estoit venu-là que pour comble de bon-heur il estoit estimé digne de l'alliance de Cesar, & que son esperance estoit venuë de ceste creance: Qu'ayant ouy dire qu'Auguste proposant de dõner vn mary à sa fille auoit pensé à faire election d'vn Cheualier Romain, il supplioit Tibere de se souuenir de ce qu'il ayme, & qui ne desiroit que l'honneur de son alliance, sans se despouiller de ses charges, ny de l'assiduité de son seruice, se contentant de donner vn appuy à sa maison contre les iniustes offences d'Agrippine: & cela non pour son respect, mais pour l'amour de ses enfans; car pour luy il ne faisoit estat de la vie qu'en tant qu'il l'employeroit au seruice d'vn tel Prince.

Excubiæ & labores pro incolumitate principis. Tac.

Satis vixit qui vitam cum Principe expleuit. Tac.

Tibere ayant loüé le zele

de Sejanus, & ramenteu en peu de paroles les gratifications qu'il luy auroit fait, adiousta que l'affaire meritoit du temps pour vne entiere resolution, & parla en ceste sorte : *Les entreprinses du commun des hommes s'arrestent volontiers au profit; mais la condition des Princes est toute autre, car ils doiuent rapporter à la reputation le principal de leurs desseins. Pource ie ne veux respondre à ta demande aussi promptement que ie le pourrois faire. Liuia peut d'elle mesmes resoudre si elle se doit marier, ou patienter en la maison de Drusus mon fils; surquoy elle a des conseils plus proches que le mien, son ayeule & sa mere : mais pour moy ie te donneray franchement mon aduis du surplus; & premierement quant aux inimitiés d'Agrippine, c'est*

Tẽpus ad integram consultationem necessarium. TAC.

Precipua rerum ad famam dirigenda. TAC.

Matris & auiæ propiora consilia. TAC.

sans doute qu'elles s'enflammeront plus ardemment si le mariage de Liuia diuise la maison des Cesars en diuers partis. Delà on verra esclatter les ialousies des femmes: & par ceste discorde mes nepueux entreront en querelle; & que sera-ce, s'il faut venir aux mains pour ceste alliance?

Vix cum equite Romano senescet quæ nupsit Cæsari. TAC.

Tu te trompes, Seianus, si tu penses pouuoir demeurer tousiours en mesme estat, & que Liuia soit de telle humeur qu'elle veuille vieillir auec vn Cheualier Romain, ayant espousé Cæsar, & apres luy Drusus: & quoy que i'y consente, crois-tu que ceux qui ont veu son frere, son pere, & nos ayeux aux souueraines dignitez endurent que ie le permette? Tu te resous de viure en l'estat où tu es, mais les Magistrats & les premiers de l'Estat qui contre ton gré te visitent, & te demandent aduis de toutes choses,

Il n'y a cupidité si reglée qui s'arreste où elle se treuue.

ses, reconnoissent que tu n'es pas pour en demeurer là, que tu t'es esleué par dessus la qualité d'un Cheualier, & que i'ay bien passé les termes de la bien-veuillance que mon pere te portoit. Ils le dissimulent en public, mais en particulier ils blasment mon affection par l'enuie qu'ils te portent. Tu diras qu'Auguste auoit proposé de donner sa fille à vn Cheualier Romain: & de vray c'est merueille, si ayant l'esprit porté à pense. à tout, & ayant preueu iusques à quel degré de puissance pourroit monter celuy que par ceste alliance il esleueroit sur les autres, il a parlé de Caius Proculeius, & de quelques autres d'vne remarquable tranquillité de vie, qui ne se sont en aucune façon meslés dans les affaires de la Republique. Que si nous sommes estonnés de son irresolution, mesmes à l'aduantage

Excessit equestre fastigium Seianus TA.

Insignis vitæ tranquillitas nullis R.P. negotijs permixto. TAC.

de ceux-cy; combien plus le deuons-nous estre de ce qu'il maria sa fille à Agrippa; & puis à moy? C'est ce que mon amitié ne me permet de te celer, & au party delà, ie t'asseure que ie ne me mettray iamais au deuant de tes desseins, ny de ceux de Liuia: Ie ne te veux dire maintenant ce que i'ay resolu de faire auant que l'année se passe, & de quelle alliance ie desire te ioindre à moy; ie te diray seulemēt qu'il n'y a rien de si esleué où tes vertus, & ceste affection que tu me portes ne puissēt atteindre, & quand l'occasion d'en parler se presentera, ou au Senat, ou au peuple, ie ne m'en tairay pas.

Nihil tam excelsum quod non mereantur virtutes. Tac.

Tibere n'auoit en ce discours autre intention que de redresser Sejanus que l'ambition auoit esgaré; & qui marque l'endroit où lon a failly le bon chemin, n'oblige pas moins que celuy qui monſtre où il faut aller. Il luy fait cognoiſtre que ce mariage ſera vne ſource perpetuelle de diſcorde en la maiſon des Ceſars, & que les meſmes choſes qui ſeruent de ciment entre les perſonnes qui ſont d'accord, forment la haine dans les eſprits qui ſont deſia alterés.

Vincula caritatis apud concordes, sūt incitamēta irarum apud infenſos. TAC.

Mais Sejanus n'eſt pas tant en peine du ſuccés de ſon mariage, que des ſoupçons qui commencent à ſe former dans la fantaiſie de Tibere, contre ceſte grande & puiſſante autorité qu'il a vſurpée aux affaires, qui font en peu de tẽps degenerer la confiãce en crainte, l'affection en ialouſie, la liberté en neceſſité.

Auoir des ſeruiteurs trop grands n'eſt pas vne bonne

Præcipuũ indicium nõ magni

Principis magni liberti. PLIN.

marque de la grandeur du Prince : & neantmoins c'est le propre des grands Princes d'esleuer les merites, & recompenser les seruices : car en quelque lieu que la Vertu se rencontre, elle veut estre honorée ; elle considere plus la personne que le païs, l'industrie que la naissance. De tout temps Rome a veu des hommes nouueaux esleués aux grands honneurs, T. Coruncanus grand Pontife, Sp. Caruilius Consul, M. Caton Censeur, Mummius triomphant, & Marius six fois Consul.

In cuiuscunque animo virtus sit, ei plurimum tribuendũ. VELL.

C'est fureur de s'opposer aux volontés du Prince : quãd il dit, Ie le veux, il rend raison de ce qu'il fait. On s'estonnoit de ce que Euthymus auoit esté mis au nombre des Dieux auant sa mort, & qu'il receuoit en sa vie des sacrifices : mais on se payoit de ceste seule raison, *Iupiter l'a ainsi voulu.*

Consecratus est, viuens, sentiensq; Euthymus, nihilq; adeò mirum aliud quàm hoc placuisse Dijs. PLIN.

Oster au Prince le pouuoir d'esleuer les petits, & abbatre les grands, c'est luy arracher le sceptre de la main, rendre sa puissance vn phantosme, & esteindre la plus viue lumiere de la Majesté. L'Estat a interest que la dignité recognoisse le merite, & que la bien-veuillãce soustienne le seruice : & la condition du Prince seroit bien dure, s'il ne pouuoit choisir sur ce grand nombre de seruiteurs, quelqu'vn digne d'vne plus estroite confiance, selon le bon-heur de l'election, ou la force du merite.

Interest Reipub. quod vsu necessariũ, & dignitate eminere, vtilitatémque autoritate muniri. VELL.

Dubium an fato Principum inclinatio in hos, offensio in illos; an sit aliquid in nostris cõsiliis. TAC.

Vt pauci illustrẽtur, mundus euertitur: omnius honor orbis excidium est. SALV.

Il n'importe que la faueur donne de la ialousie aux grands, de l'enuie aux égaux, de la haine aux petits, pourueu qu'elle ne trouble point l'ordre des affaires, & que l'interest particulier n'engloutisse le public; car quand cela arriue, & que pour enrichir vn petit nombre de fauoris, il faut que l'estat s'appauurisse, que tout soit en desordre, le Prince qui distribuë si mal ses faueurs, en est mesprisé, comme n'ayant ny iugement ny iustice en ses elections, & le fauory espreuue qu'il n'y a plus cruel supplice que la haine publique.

Nullum grauius suppliciũ odio publico. SEN.

S'il plaist au Prince, il le reduit aussi bas qu'il l'a esleué, & ne faut qu'vn souffle pour abbatre vne puissance qui ne se soustient de ses propres forces. Tibere a bié quelque ombrage de ce grãd pouuoir de Seianus, mais celuy de la bien-veuillance que tout le peuple porte à la maison de Germanicus, le presse dauantage: & Sejanus qui void son imagination blessée sur cela, luy represente le peril plus grand qu'il n'est, réueille dans le cœur de l'Imperatrice les vieilles rancunes qu'elle a contre Agrippine. Ceste souuenance la met en colere; & la colere qui est le nerf qui donne les mouuemens plus brusques à l'ame, luy fait considerer qu'elle ne sera rien si son ennemie est quelque chose.

Fluxa fama patiẽtia nõ suis viribus nixa. TAC.

La colere est ordonnée cõme compagne à la raison: & Basile l'appelle le nerf de l'ame.

Pour faire penetrer ceste apprehension plus viuement dans son esprit, il y employe

Mutilia Prisca sa confidente, & pour gagner ceste-cy practique Iul. Posthumius qui luy faisoit l'amour. L'Imperatrice fust incontinent esmeuë des esperances d'Agrippine, & la crainte d'aller non seulemẽt au dessous, mais du pair auec elle, luy fournit assés d'artifices pour la rendre encore plus odieuse à Tibere qu'elle n'estoit. D'ailleurs, Sejanus auoit des gens apostés qui entretenoient Agrippine de vanités, & inspiroient en son esprit les douces esperances du Gouuernement; & comme les choses agreables entrent facilement en la creance des femmes, elle se rendoit plus libre à rechercher les occasions de donner de la ialousie à Tibere, & du

Regibus æqua ne dum infima insolita sunt. TAC.

Facilis fœminarum credulitas, ad gaudia TAC.

contentement au peuple.

Mais comme le siecle estoit si corrompu, qu'encores il y auoit de la vertu à ne point faire de mal, & de la pieté à ne rien faire d'impie: Tibere resolu de ne faire point de bien à Agrippine craignoit neantmoins d'estre blasmé d'impieté & d'ingratitude s'il luy faisoit du mal. Pource son indignation n'osant aller droit à elle, attaqua premierement ses amis & ses parents. Claudia Pulchra sa cousine fust accusée d'adultere auec Furnius, de charmes & de poison contre Tibere.

Tiberij sæculo magna pietas fuit nihil impiè facere. SEN.

Domitius Afer qui à tout prix vouloit faire sa fortune, fut l'accusateur: Il estoit du nombre de ceux que Sejanus entretenoit, & s'en seruoit

Domitius Afer quoquo crimine clarescere properus. TAC.

comme de petits instrumens pour remuer de grandes machines. Sur ceste accusation Agrippine toute enflambée de colere vint veoir Tibere, & le treuuant qu'il faisoit vn sacrifice pour son pere luy dit : *Ce n'est pas ainsi qu'il faut immoler des victimes à Auguste, & persecuter sa posterité. L'esprit de ce grand Prince n'est point dans ses statues muettes, mais sa vraye image qui est née de son sang celeste, entend bien la difference par le mauuais traitement qu'on luy fait estant reduite au miserable estat des accusés.* Tibere pour toute response employa vn vers Grec en ces mots : *Tu crois, ma fille, qu'on te fait tort, si tu ne commandes.*

Non in effigies mutas diuinus spiritus transfusus. TAC.

Εἰ μὴ κρατεῖς, τέκνον, ὑβρίζεσθαι δοκεῖς.

Pulchra & Furnius sont condamnés. Afer l'accusateur est loüé par Tibere, &

mis au rang des premiers Orateurs; mais auec plus d'estime pour sçauoir bien dire que bien faire. On doute si la condemnatiō de ces deux Amants fust suyuant la loy de Iulia, ordonnée par Auguste contre les Adulteres; car elle estoit trop douce pour contenter la cruauté de Tibere, & l'animosité de Sejanus; & plus honteuse que seuere, releguoit seulement les coulpables hors de Rome.

Prosperior Afro eloquentiæ quàm morum fama. TAC.

La relegation plus douce que l'exil

Nemque relegatus non exul dicor. OVID.

Le nombre moderoit la rigueur de la peine; car si elle eust esté capitale, on eust fait des solitudes dans les familles. Seneque dit que cet excés estoit si commun de son temps que la pudicité estoit marque de laideur; car pour estre sage il ne falloit pas

Argumētum est deformitatis pudicitia: Nū-

estre belle : qu'il n'y auoit femme si miserable & deschirée qui se contẽtast d'vn couple de seruiteurs, qui ne donnast à chacun son heure, & à qui le plus long iour ne semblast trop court. Il auoit esté ordonné que celle qui auroit pour ayeul, ou pour pere, ou pour mary vn Cheualier Romain ne pourroit estre Garse. Vistilia issuë d'vne maison qui auoit porté des Preteurs, declara deuant les Ediles qu'elle vouloit que sa ieunesse ne fust sterile, ny sa beauté inutile, en vn mot qu'elle estoit Courtisane. C'estoit toute la punition que la coustume donnoit à ces desbauchées, afin que la honteuse declaration d'vne vie si miserable & infame tinst lieu de peine. Tibere la

quam inuenies tã miseram, tãm sordidam vt illi satis sit vnum adulterorum par, nisi singulis diuidat horas, & non sufficit dies omnibus. SEN.

Satis pœnarum aduersum impudicas in ipsa professione flagitij. TAC.

61

fit enfermer en l'Isle de Seriphos. Il faut croire que Sejanus ne le rendit pas plus clement enuers la parente d'Agrippine son ennemie; car encherissant sur la seuerité de ses predecesseurs, il auoit desia fait condamner au bannissement Aquilia, encores que le Consul ne l'eust condamné qu'à la peine de la loy Iulia.

Aquiliam quamquã Consul lege Iulia dãnasset, exsilio puniuit. TAC.

Agrippine fust si offensée de veoir sa parente traitée si indignement, qu'elle en deuint malade. Tibere la visita, & apres les compliments sur les souhaits du retour de sa santé; la douleur porta incontinent les souspirs à la bouche, & les larmes aux yeux de la malade; & ayant deploré sa misere & la ruine de sa maison, elle supplie l'Empereur d'alleger les ennuis de sa solitude, luy permettre qu'elle se mariast, sa ieunesse ne pouuant continuer en ceste solitude, n'y ayant autre contentement aux honnestes femmes en cét aage que le mariage, & qu'il luy pleust d'embrasser de bon cœur la protection de la vefue & des enfans de Germanicus.

Non aliud probis quam ex matrimonio solatium. TAC.

Pour *incitiitate* i'ay leu *in ea etate*.

Tibere considerant le preiudice que l'estat pouuoit receuoir de ceste demande, ne luy fit point de responce, pour ne donner plus de cognoissance, ou de son offence, ou de sa crainte, & se retira froidement sans mot dire. Ce silence & ceste froideur enflammerent dauantage Agrippine; & comme les premieres flesches de la

La responce aduisée ne descouure ny l'offence ny la peur: *ne offensio aut metus proderetur.* TAC.

vengeance sont les iniures, & ce qu'on ne peut faire par le manquement de la puissance on le souhaite par l'ardeur de la colere, elle ietta tout ce qu'elle auoit sur le cœur. Sejanus qui sçait prendre son temps, cōsidere tout cela, & par vne officieuse desloyauté fait dire à ceste Princesse que les feux des desseins que Tibere a retenus en son ame cōtre elle, sōt sur le point de s'euaporer, qu'il est resolu de l'empoisonner, & qu'elle prenne garde de ne rien prēdre, ny de sa main ny de sa viande. Agrippine qui par prudence ne deuoit faire semblant de ces aduis, pour le peril qu'il y a de donner cognoissance que lon sçait le dessein du Prince, porta incontinent son cœur

Prima semper vrantis telamaledicta sunt, & quicquid non possumus imbecilli, optamus irati. SALVIAN.

Solum insidiarum remedium si non intelligātur. TAC.

ſur le front, & eſtant à ſa table s'opiniaſtra au ſilence & à l'abſtinence. Comme il vit qu'elle n'auoit gouſté d'vne pomme qu'il luy preſentoit de ſa main, & qu'elle la donnoit à ceux qui ſeruoient à table, il ſe tourna deuers ſa mere, & luy dit à l'oreille : *Il ne ſe faut esbahir ſi i'ay ordonné cy-deuant quelque choſe de rude contre ceſte femme, puis qu'elle me prend pour vn empoiſonneur.* Où commence la deffiance, là finit l'amitié. De ce moment leurs eſprits deuindrẽt irreconciliables, & le bruit courut par Rome que Tibere feroit mourir Agrippine, & que ne le pouuant en public, il le feroit en ſecret.

Non mirũ ſi Princeps quid ſeuerius ſtatuit in eum à quo veneficij inſimulatur. TAC.

Là deſſus Tibere fait le voyage de Champagne, dont le deſſein auoit eſté ſouuent deliberé, resolu, remis & rompu. Il disoit que c'estoit pour dedier vn temple à Iupiter à Capouë, & vn autre à Auguste à Nole, où il estoit mort; mais il n'auoit autre intention que de s'eslongner de la ville. Il est certain que Sejanus cognoissant son humeur, luy conseille ceste retraite pour auoir moyen de le gouuerner à sa mode: mais parce qu'il y demeura encores six ans apres sa mort; i'estime qu'il choisit ce lieu pour couurir les excés de sa vie.

Cum sæuitiam ac libidinem factis promeret, locis occultabat. TAC.

Il y en a qui tiennent que ce fust encores pour cacher sa vieillesse qui le rendoit mesprisé, & pour ne faire veoir son corps qui s'en alloit en pieces, & l'esprit en vouloit sortir comme d'vn bastiment dont les murailles e-

La vieillesse caduque fait mespriser le Prince. Diō le dit

stoient creuées, & les planchers pourris. Ceste mauuaise habitude luy faisoit honte ; il auoit la taille haute, maigre & gresle ; les espaules courbées & voûtées, la teste descouuerte & pelée, le visage semé d'enleueures & de boutons suppurants, & tousiours marqué & deffiguré d'emplastres : le poil de la barbe ne couuroit point ses difformités, car les Empereurs n'en portoient point. Son naturel se plaisoit à la solitude, & s'y estoit accoustumé à Rhodes, où il fuyoit les compagnies pour cacher la honte de ses desbauches & de celles de sa femme.

L'vne des plus apparentes raisons fust son impatience, ne pouuant plus durer aupres de sa mere, qui vouloit

de Tibere, & de Nerua.

διὰ τὸ γῆ-ρας κα-ταφρονού-μενος.

Adrian a esté le premier Empereur qui laissa croistre sa barbe pour couurir ses balafres.

L'autorité souueraine est incapable de cõpagnie : Tibere Matrem tout faire, & il ne luy pouuoit oster l'autorité des mains; car il auoit eu l'Empire par les siennes. A tout propos elle luy reprochoit qu'il ne regnoit que par son moyen, qu'il ne luy estoit moins obligé de sa fortune que de sa naissance. Il estoit vray; car Liuia s'apperceuant qu'Auguste vouloit declarer Germanicus son successeur, sur la creance que ceste election seroit agreable au peuple, qui l'aimoit, & la loüoit; elle auoit tãt fait par ses prieres & ses cõiurations, que Tibere auoit esté asseuré d'aller à l'Empire apres Auguste & Germanicus apres Tibere. Liuia l'en faisoit souuenir: la souuenance estoit vn reproche, le reproche vne sommation de recognoissance, & le

dominationis sociam aspernabatur. TAC.

Qui exprobrat reposcit. TAC.

manquement ingratitude.

Il fit donc ce voyage pour s'eslongner de sa mere, & y fust accompagné de peu de gens, d'vn Senateur Cocceius Nerua, sçauant aux loix, de Sejanus, d'vn Cheualier, Curtius Atticus que Sejanus ruina. Les autres estoient hommes de lettres, & la plus part Grecs; car il s'entretenoit de leurs discours, se plaisoit aux beautés & richesses de ceste langue, parloit distinctement, proprement, & elegamment: cela ne se fait sans nature, sans art & sans grace. Plusieurs peuuẽt parler, peu de gens sçauent dire; & pour bien dire, il faut que le discours soit tousiours à propos, les mots bons, la suyte sans confusion.

Marino participe Seianus Curtium Atticum oppreßit. TAC.

Outre le contentement

que Sejanus auoit de posseder seul son maistre, il faisoit ses affaires auec plus de seureté, & moins d'enuie; mais donnant tousiours tant plus de prise à la fortune. Le sejour de Rome n'y estoit pas si propre; car eslongnant de sa maison les compagnies ordinaires, il perdoit ses amis; en les receuant, il faisoit cognoistre le nõbre, & donnoit de la ialousie au maistre. Il en auoit encores vne autre cõmodité; car receuant seul les pacquets que les soldats des gardes portoient, il estoit seul l'arbitre des Depesches.

Qui se méle de plusieurs affaires dõne beaucoup de prise à la fortune sur luy.

Qui assiduos in domum cœtus arcet, infringit potẽtiam; qui recipit, facultatem criminantibus præbet. TAC.

Les soldats portoient les pacquets, & estoient appellés *speculatores.*

Toutes les functions de l'ame de Tibere se detracquérent en ce mauuais loisir, & tout ce qu'il auoit de vigueur se fondit dans les delices, que Sejanus assaisonnoit tousiours de quelque insigne exemple, parce que ce Prince croyoit que son autorité estoit perduë, si la seuerité n'en maintenoit la reputation. Ceste solitude luy apporta vne occasion qui confirma grandemẽt la preuue de sa fidelité; car comme Tibere disnoit en vne grotte, l'ouuerture se laschãt tua quelques officiers, & l'eust accablé sans le secours de Sejanus qui le couurit de sa teste & de ses mains, le salut de son Prince luy estant plus cher que le sien. Deslors il receut ses conseils, quoy que dangereux, sans en considerer les mouuements, ny la suyte, comme d'vne personne qui tesmoignoit n'y auoir autre interest que celuy de son autorité.

Hinc metus in omnes & fuga eorum qui conuiuium celebrabant. TAC.

Qui nõ sui sed Principis est anxius, cum fide auditur, quamquam exitiosa suadeat. TAC.

Il le fait resoudre à se desfaire de Neron, le plus proche à la succession; de qui les espèrances troubloient son repos, & entretenoient dans les esprits des peuples les desirs du changement. Il contrefait le Iuge, & ses gens les accusateurs, & le condamne comme criminel. Ce ieune Prince auoit assés de modestie en sa condition; mais peu de iugement pour se resoudre sur le champ, & pour considerer les conseils de ses seruiteurs qui ne cessoient de luy dire; que sa naissance le portoit à l'Empire, que le peuple le desiroit, que les legions le demandoient, que Sejanus estoit assés meschāt pour ne le desirer, mais non assés puissant pour l'empescher. Ces paroles ne luy met-

Nero quanquam modesta iuuenta, tamen quid in præsentiarum conduceret oblitus. TAC.

Nihil quidem prauæ cogitationis, sed interdum

vaces contumaces & inconsulte. TAC.

toient pas en l'ame des mauuaises pensées, mais tiroient de sa bouche des paroles sans y penser, qui estans rapportées à Sejanus, & de là à Tibere, estoient prinses pour coniurations. Quand il est à la Cour, on prend garde à tout ce qu'il fait; crime aux paroles, crime au silence: toutes ses actiõs sont espiées: il n'a ny retraite ny seureté en sa maison; la nuict mesme n'a rien de couuert ny de secret pour luy: s'il se repose sur le sein de sa femme, il y treuue de la perfidie; car comme vn vaisseau mal-relié elle laisse couler tout ce qu'il y met. Elle rapporte à Liuia mere de l'Empereur ses veilles, ses songes, & mesme ses souspirs. Liuia les conte à Sejanus, qui bande contre luy

Vn Senateur Romain essaya la discretion de sa femme comme vn vaisseau mal relié: il n'y versa pas du vin ou de l'huyle dedans, ains seulement de l'eau, & l'entretint de bourdes qu'il auoit controuué. PLVT.

Ne nox quidem secura, cùm

luy son frere Drusus, luy donnant esperance du premier raug, quand son aisné que la haine de Tibere a desja fort esbranlé sera abbatu. Drusus auoit l'esprit fier, car outre le desir de commander & les simultés qui sont ordinaires entre les freres, il estoit ialoux esperduëment de ce que sa mere Agrippine aymoit Neron plus que luy. Sejanus n'auoit pas l'ame meilleure, ny les intentions plus droittes pour Drusus; mais cognoissant qu'il auoit du courage, & qu'il se portoit librement aux perils, il creut qu'il seroit fort aisé de luy dresser vne embuscade & le perdre.

uxor vigilias, somnia, suspiria matri Liuiæ, atque illa Seiano patefaceret. TAC.

Iam diu sopita fratrum odia accenduntur. TAC.

Tous les amis de Germanicus furent recherchés & persecutés: les amis trompoient μέχρι τοῦ βωμοῦ φίλος. PLVT.

leurs amis; la plus ferme amitié n'alloit pas iusques à l'autel, & couuroit des desloyautés inhumaines qui monstroient combien il estoit dangereux que l'homme se fiast à l'homme, de qui le front estoit menteur, l'œil traistre, la mine fausse. Sabinus homme de grande autorité fust trahy par vne insigne perfidie de son amy, que Sejanus auoit corrompu pour le perdre.

Multis simulationum inuolucris tegitur natura uniuscuiusque: frons, oculi, vultus persæpe mentiuntur. CIC.

Parlant auec luy des affaires du temps, cestuy-cy pour le tirer au piege qu'il auoit tendu, n'espargne les iniures contre Sejanus, auteur des ruines & miseres dont on se plaignoit. Sabinus croyant estre en seureté euapora sa colere, & tout ce qu'il auoit de secret sur le cœur, selon qu'il le sentoit fort attendri au ressentiment des calamités publiques, & qu'il est mal-aisé de retenir les plaintes quand elles ont vne fois pris l'essor.

Molles in calamitate mortalium animi. TAC.
Mœsta vbi semel prorupêre difficilius reticentur. TAC.

Tout ce qu'il dit fust escouté par des Senateurs Emissaires de Sejanus, que ce mauuais amy auoit fait cacher entre le plancher & le couuert. Ils donnerent incontinent aduis à Sejanus que Sabinus estoit attrappé, qu'ils auoient en main dequoy le faire mourir. Le bruit de ceste meschanceté porté à Capres reuint incontinent à Rome, où il altera merueilleusement les esprits, mit chacun en garde : les oreilles & cognuës & incognuës furent suspectes : on se deffia des murailles & des choses ina-

Turpis latebra, detestanda fraus. TAC.

Notæ ignotæq; aures vitantur, muta atq; inanima, tectum & parietes circumspectantur. TAC.

nimées : par tout silence, detresse & estonnement.

Sabinus est fait prisonnier le premier iour de l'an : *Est-ce ainsi* (dit-il à ceux qui le prenoient) *que lon commence l'année? faut-il que Seianus aye des victimes de ceste qualité? & quelle seureté au citoyen Romain, puisque entre les veux & les ceremonies sacrées où lon s'abstient mesmes de paroles prophanes, on voit des cordes, & pour lier & pour estrangler, & que dans les temples on treuue les prisons?*

Inter sacra & vota verbis etiam profanis abstineri mos. TAC.

On le fit mourir incontinent sans luy donner loisir de se deffendre & iustifier. Son chien demeura tousiours prés du corps mort, luy porta à la bouche le pain qu'on luy donnoit, & quand il fust ietté au Tybre, il se lança aprés pour le soustenir, afin qu'il

Cùm quidam ex corona circumstante canicibum

n'allast à fonds: & toute la ville s'estonna de veoir vne telle gratitude en vne beste parmy les mescognoissances & inhumanités qui diffamoient les hommes. Tous les delateurs moururent miserablement: & comme les Princes ont en horreur les traistres apres qu'ils ont tiré du profit de la trahison, Tibere s'en deffit: car quand il s'estoit seruy de ces mauuais instrumens, il les rompoit pour en prendre de nouueaux.

obiecisset, ad os defuncti tulit. Innatauit idem in Tiberim cadauere abiecto, sustentare conatus. PLIN.

Tiberius scelerum ministros vt peruerti ab aliis nolebat, ita plerumque satiatus & oblatis in eandem operam recentibus veteres & pragraues adflixit. TAC.

L'Empereur remercia le Senat de ce qu'il auoit deliuré la Republique d'vn tel ennemy, & adiousta qu'il passoit la vie en frayeur & tremblement; que les coniurations de ses ennemis le tenoient en peine, & quoy qu'il ne les nõmast, on voyoit bien que cela s'adressoit à Agrippine, & à ses enfans. Asinius Gallus opinant selon sa franchise & rondeur accoustumée, dit que lon deuoit prier l'Empereur de descouurir ses craintes, & permettre qu'on les leuast de son esprit. Tibere treuua ceste opinion bien hardie, car elle portoit la lampe dans le profond de son cœur, qu'il ne vouloit descouurir. Sejanus l'adoucit, non pour l'amour de Gallus, mais afin que sa colere estant retenuë la cheute en fust roide & impetueuse; ayant tousiours recognu que plus Tibere pensoit à se venger, plus le temps rendoit la vengeance violente, & plus il menaçoit de loing, plus le coup estoit rude.

Qui metus fateretur, eos & amoueri sinat. TAC.

Ægrius accipit Princeps ea recludi quæ premit. TAC.

Tiberius lentus in meditãdo, vbi prorupisset, tristioribus dictis atrocia facta coniungebat. TAC.

Asinius Gallus auoit beaucoup de credit en la Republique, mais bien plus de deffaueur de Tibere qui redoutoit son courage, haissoit ses vertus, disoit que l'orgueil estoit en luy vne maladie hereditaire, blasmant Asinius Pollio son pere, braue Capitaine, vehement Orateur, excellent Poëte, amy de la verité en vn temps que elle estoit fort odieuse.

συγγενῆ ἀῤῥωστήματα. THEOPH.

Asinius Pollio fit vne Tragedie des guerres ciuiles.

Tibere qui s'estoit tousiours souuenu de la parole picquante qu'Asinius luy dit à son aduenement à l'Empire, quand ne se disant capable que d'en tenir vne partie, il luy demãda brusquement, laquelle il vouloit, le fit mettre en prison, où il languit trois ans: la mort le mit en liberté; mais on ne sçait si elle fust naturelle ou forcée.

Interrogo, Cæsar, quam partẽ Reipub. tibi mandari velis. TAC.

Les Princes ne veulent pas estre traités comme cela; il faut parler à eux, en suppliãt & remonstrant : ce n'est pas les corriger que de leur dire leurs fautes; c'est les offencer.

Parlant au Prince il ne faut pas tant considerer si ce qu'on leur dit est vray comme s'ils sont capables d'escouter la Verité.

Sur ce mourut la Mere de l'Empereur, aagée selõ Dion de quatre vingts six ans, ou de quatre vingts & deux selõ Pline, qui rapporte la longueur de sa vie à la qualité du vin qu'elle beuuoit. Le Senat luy ordonna de grands honneurs; mais son fils non par modestie, mais par enuie en retrancha vne partie, & par ses lettres, ne dissimula point qu'il estoit offencé des faueurs de sa mere,* taxant le Consul Fusius que l'Imperatrice auoit aymé; homme propre pour attirer les affe-

ἓξ ϗ ὀγδοήκοντα ἔτη ζήσασα. DIO.

Iulia Augusta LXXXII. annos vitæ Pucino retulit acceptos, non alio vino vsa. PLIN.

ctions des femmes, & qui auoit grace à dire le mot & à se mocquer de Tibere par des traits emportans la piece. Les grands n'effacent pas si tost de la memoire, ce qui passe la raillerie.

Facetiarū apud Præpotētes in longum memoria est dum acerbæ sunt. TAC.

Les cheueux de Tibere estoient blanchis sous l'obeïssance de ceste mere; la vieillesse ny la majesté ne l'auoiēt iamais dispensé de ce deuoir. Le sage Romain auoit desia dit de son temps que qui n'ayme ceux qui l'ont mis au monde est impie, qui ne les recognoist est furieux. Tant que ceste Princesse fust en vie, il modera ses volontés, les sousmettant par respect à ses conseils, & Sejanus humilioit par deuoir ses desseins sous ses commandemens, ne l'osant contredire:

Parentes non amare impietas est, non agnoscere insania. SEN.

Tunc veluti frenis exoluti prorupe-runt. TAC.

Mais apres ceste mort tout fut debridé & desbordé, & il n'y eust plus d'espoir ny de refuge à l'innocence.

C. Cæsar qui succeda à l'Empire, la loüa publiquement deuant le Palais, de ce qu'elle auoit sainctement gouuerné sa maison, à la vieille mode, sans permettre que le temps y fit entrer les vanités & curiosités, qui a-uoient tant gasté la premiere simplicité. Princesse douce & courtoise, au delà de la bien-seance des femmes du passé; Mere qui ne pou-uoit rien endurer; Femme qui n'auoit rien d'insupportable, & si accorte qu'elle s'accommodoit prudemment, & à la prudẽce d'Auguste, & à la dissimulation de Tibere.

Sanctitate domus priscũ ad morem, comis vltrà quàm antiquis fœminis probatũ, mater impotens, vxor facilis; & cum artibus mariti, simulatione filij bene composita. TAC.

Le Senat receut des lettres

de Tibere contre Agrippine, & ses enfãs: & lon creut qu'il y auoit long temps qu'elles estoient escrites, mais que l'Imperatrice les auoit retenuës, preuoyant qu'elles apporteroient du trouble: & quoy que son ambition ne vieillist point, elle ne desiroit toutesfois que d'acheuer en repos le peu de vie qu'elle auoit de reste.

Il n'y a que l'ambitiõ seule qui ne vieillit point en l'homme. THVCYD. & PLVT.

Elles ne blasmoient Neron ny Drusus d'aucun crime d'estat, ny de leuée de gens de guerre, ny d'auoir tramé des nouueautés; seulement d'estre desbauchés. Il n'y auoit rien qui offençast la mere que le reproche de son orgueil & opiniastreté. Les lettres leuës, il fust question d'y deliberer; & comme les opinions vont plus ou moins rigoureuses selon l'inclination du naturel de ceux qui opinēt, quelques Senateurs, dont les esperances ne se pouuoient fonder sur l'honneur, qui recherchoient les occasions de grace & de faueurs dans les miseres publiques, en furent d'aduis; contre les plus anciens& les plus sages, qui faisant remonter leurs pensées plus haut que ceux-cy, treuuoient qu'il n'y auoit esprit si fort & ferme qui ne deust estre fort retenu à donner ou conseil, ou iugement sur la liberté ou la vie de celuy qui peut succeder au Prince.

Quis nulla ex honesto spes, publica mala in occasionē gratiæ trahuntur. TAC.

Tibere auoit dōné la charge des Actes & Registres du Senat à Iunius Rusticus, qui n'ayant auparauant rendu aucune preuue de constāce,

τὰ ὑπομνήματα. DEM.

ny de fermeté, remonstra neantmoins qu'il estoit bon d'aller lentement en cet affaire, afin que lon dõnast du temps au bon-homme pour se repentir, & reuoquer ce commãdement: car les choses plus importantes se changeoient en vn momẽt. Aussi la nature estoit en la maison de Germanicus forte & florissante, & en celle de Tibere, lasse, recreuë, & caduque.

Dandum interstitiũ pœnitẽtiæ. TAC.

Breuibus momentis summa verti possunt. TAC.

Sur ceste contention, le peuple qui ne peut souffrir que ces Princes soient traités comme criminels, deteste ceste iniustice, & en donne le blasme à Sejanus, porte par la ville les effigies d'Agrippine & de Neron, s'assemble autour du Palais, crie que les lettres sont fausses & supposées, fait le procés à Sejanus,

Ferebãtur sub nominibus consulatium fictæ in Seianum sententiæ. TAC.

& feignant les opinions des Senateurs, le plus hardy de la troupe les ayant recueillies de ses compagnons, prononce contre luy le iugement de mort. Et à cela ne manquent les Satyres, d'autant plus hardies que les auteurs sont secrets; & sont recueillies & recherchées tant plus auidement qu'elles ont des pointes viues & ingenieuses.

Per occultum libido ingeniorũ exercetur procacius. TAC.

Sejanus qui deuoit parer ces coups par le mespris, donne ce contentement à ses ennemis de faire cognoistre que cela le faschoit, fait veoir à l'Empereur que sa Majesté est offencée en son offence; que le peuple entreprenant de faire des assemblées & des arrests, il ne luy restoit autre chose, sinon de prendre les armes pour eslire Empereur celuy duquel il portoit les images pour enseignes.

Facile populus Duces imperatorésque diligit, quorum imagines pro vexillis sequitur. TAC.

Tibere enuoya au Senat de nouuelles lettres, se plaint de ceste licence, & de ce qu'on ne considere ses raisons contre Agrippine & Neron; que le mespris de l'autorité du Prince menace la chose publique de ruine & de confusion.

Le Senat se delibere, non de iuger, mais de condamner & sacrifier les innocens à la vengeance du Prince. On fit sur cela XLIIII. harengues, & à la fin Neron fut relegué à l'Isle du Pont, & Drusus prisonnier au Palais. Le bruit fust que Nerõ voyãt le bourreau qui luy apportoit la corde & le crochet pour choisir, se tua de sa main; & que les alimens estans desniés à Dru-

Druso adeo alimẽta subducta, vt tomentum è culcitra tentauerit mandere. SVET.

ſus, il auoit mangé la bourre de ſon matelas.

La fortune commença ſe laſſer de fauoriſer Sejanus; elle abandonna ſon inſolence & ſa mauuaiſe conduite, comme ſi elle ne l'euſt eſleué que pour le faire tomber de ſi haut, qu'il n'y auroit perſonne qui oſaſt luy tẽdre les bras, ny luy preſenter le ſein pour le receuoir. Tibere qui l'aymoit commẽce de le craindre, & voyant que le Senat en faiſoit plus de compte que de luy, entra en quelque apprehenſion qu'il le vouloit faire Empereur : & deſlors propoſa de ſe tirer ceſte eſpine du cœur, mais il ne fit rien precipitamment; car il eſtoit dangereux, non ſeulement d'entreprendre de le ruiner, mais d'en faire ſemblant.

Quos diu fortuna ſequuta eſt, eos repẽte velut fatigata deſtituit. Q. CVR.

Dion dit que Tibere voyant que Sejanus eſtoit ſuyui & redouté des Senateurs, eut crainte qu'ils ne le fiſsẽt Empereur.

Toute la gendarmerie estoit à sa deuotion, tous les Senateurs dependoient de luy, *ou par bien-faits, ou par crainte, ou par esperance*: les seruiteurs de Tibere tellement gaignés qu'il ne pouuoit rien dire, ny faire qui ne fust rapporté à Sejanus, & il ne sçauoit rien de tout ce qu'il machinoit.

τὸ μὲν εὐεργεσίαις, τὸ δὲ ἐλπίσι, τὸ δὲ φόβῳ. Dio.

Sur la nouuelle que les Frisons, peuple delà le Rhin, auoient rompu la paix, & desfait les armées en bataille, l'espouuante fust si grande à Rome, que chacun courut aux autels de la Clemence & de l'Amitié, adorans les statuës de Tibere, & de Sejanus qui estoiẽt autour, les prians de les ramener à Rome. Tibere & Sejanus vouloient que les Romains par leur absence iugeassent des com-

Arã clementiæ, aram amicitiæ effigiésque circũ Cæsaris ac Seiani cẽsuere: crebrisq; precibus efflagitabant, visendi sui copiam facerent. Tac.

modités que le ſejour de la Cour leur apportoit : Auſſi n'eſt-il pas bon que le Prince demeure toujours en vn lieu: ſi le Soleil ne bougeoit de l'vne de ſes douze maiſons, tout iroit mal. Tibere toutesfois ſ'en approcha, & parce qu'il venoit quelquefois iuſques aux fauxbourgs ſans entrer dans la ville, pluſieurs creurent que les limites de l'Aſtrologie & du Menſonge n'eſtoient pas plantés ſi prés que lon diſoit; car les Aſtrologues auoient dit que Tibere eſtoit ſorti de Rome ſoubs vne telle conſtellation qu'il n'y reuiendroit iamais: & il y a grande apparence, que ſi ceſte crainte ne ſe fuſt ſaiſie de ſon imagination, il n'euſt pas demeuré vnze ans hors de Rome.

Breue confinium artis & falſi. TAC.

Ce bruit fondé sur les discours incertains de l'aduenir, causa la ruine certaine de plusieurs. Il ne se faut iamais enquerir de l'aduenture du Prince, ny de la durée de son regne, ny de ce qui arriuera apres sa mort. Ceste curiosité ne tombe volontiers qu'aux esprits de ceux qui ont des pensées, & font des souhaits contre luy, ou qui attendent & esperent quelque chose apres luy. On ne s'informe pas de la mort des amis de la mesme intention que de celle des maistres.

Cui opus perscrutari super Caesaris salute, nisi à quo aliquid aduersus illã cogitatur vel optatur, vel post illam speratur & sustinetur? Non enim ea mente de caris consulitur, quàm de dominis. TERT.

Durant le sejour que Tibere fit à Capres, il fut souuent visité des Senateurs; mais les entrées & les audiences ne dependoient que de la faueur de Sejanus. La presse estoit grande pour l'aborder, & la Cour se faisoit plus honteusement qu'à Rome: car là vne ruë conduisant en diuers endroits couuroit les desseins des passans; mais n'y ayant icy qu'vne route, & vn rendés-vous, autre couuert que le Ciel, autre retraite que la campagne, si la porte n'estoit ouuerte, il falloit essuyer l'affront du refus. Ceux à qui par respect on leuoit le voile & le tapis, quand ils entroient aux grandes maisons, demeuroient pesle-mesle assis ou debout au riuage de la mer.

Magnitudine vrbis incertum quod quisque ad negotium pergat. TAC.

On leuoit le voile, ou le tapis aux Senateurs à l'entrée de la châbre: *Non crepuit subinde ostium, non alleuabatur velum.* SEN.

L'ancienne generosité estoit degenerée en vne si grande pusillanimité que Tibere s'en mocquoit autrefois & sortant du Palais auoit dit tout haut: *O hommes preparés à la seruitude*. Ceste sordide submission luy puoit; & quoy qu'il eust destruit la liberté publique, il estoit marry que on ne recognut rien de libre ny de gentil aux actions particulieres. Rome ne portoit plus que des ames molles, & regrettoit ces braues citoyẽs qui aimoient mieux mourir que d'estre obligés de la vie à la seruitude ou aux prieres. On ne disoit plus qu'elle eust esté feconde en hommes genereux, comme Athenes en Philosophes, Sparte en Capitaines, Thebes en Dieux.

Ὦ πέπονες, ô molles. Hom. Peponem cordis loco habere. TERTVL.

Plusieurs retournerent à Rome auec ce regret de n'auoir esté ny veus ny ouïs; & ceux qui en rapporterent quelque contentement, espreuuerent qu'il estoit faux, & que d'vne mauuaise ami-

Infaustæ amicitiæ grauis exitus. TAC.

tié, il ne faut attendre que ruine & desastre. Quand Sejanus consideroit de sa fenestre ceste lasche & vile patience, il en deuenoit plus arrogant, & n'estimoit pas d'auantage ceux qui s'y assubiettissoient. Mais il n'estoit pas bien fin; il ne se deuoit amuser à ceste vanité qui ne faisoit que d'augmenter la jalousie du Prince. Le bon Courtisan se contente du profit, & laisse tout l'honneur à son maistre.

Aucta Sejano adrogātia, fœdum illud in propatulo seruitium spectanti. TAC.

Tibere sur cela descouurit que Sejanus auoit esté l'auteur, le Medecin, l'instrumēt, & le mariage de Liuia la recompense de l'empoisonnement de son fils. Cela le fit resoudre à la ruine de Sejanus, mais lentement; contre l'aduis des sages qui veulent que *les choses grandes soient plustost faites que consultées.*

Δεῖν μεγάλα πράττειν, μὴ βουλεύειν. PLVT.

I'estime toutesfois que s'il n'y eust eu que cela, il l'eust dissimulé, & ne se fust iamais deffait de luy; car il estoit propre à ses humeurs, les cognoissoit parfaictemẽt, conspirant à ses voluptez, complaisant à ses opinions, le tiroit dextrement d'vn mauuais passage, & le desuelopoit de ses perplexités. Il auoit abbattu toutes les principales testes qui luy donnoient ou de la peur ou de la ialousie, se reposant sur les veilles d'vn seruiteur si fidelle & espreuué, ne se mesloit que des grãdes occurrences, viuoit en repos à son Isle.

Le bon Courtisan doit cognoistre la complexion de son Prince. Voy sur cela vn excellent traicté de la Cour de M. du REFVGE, Con. d'Estat.

Et encores qu'il soit difficile de sonder les cœurs du Prince, & les causes des sou-

Rationem fœlicitatis nemo reddit. AVSON.

daines prosperités, si est-il vray qu'il n'y a plus court chemin pour meriter sa bienveuillance que de le seruir aux choses qui luy sont ou agreables ou vtiles, conduire ses plaisirs, & manier sa bourse. *Tout ce qui est honneste & vtile doit plaire* : mais la passion du plaisir emporte la consideration & de l'honneur & du profit. Sejanus auoit tout ce qui peut seruir pour entretenir le Prince aux plaisirs, & bannir la Necessité de ses affaires ; & tel pouuoir sur son cœur qu'il luy donnoit le mouuement qu'il vouloit pour aimer, pour craindre ou pour haïr.

τὸ καλὸν καὶ συμφέρον ἡδὺ ἐστι. ARIST.

Il luy auoit fait de grands seruices, mais ceste consideration est la moindre: plus vn Prince est obligé moins il

aime,

79

aime, prenant plus de plaisir à donner qu'à rendre. Quand le seruice est si grand qu'il ne se peut si facilement recognoistre, il rend celuy qui l'a fait odieux & importun. Les Princes aiment mieux donner pour obliger & acquerir, que pour s'acquitter & recompéser. Les bien-faits qui naissent de la pure liberalité, ne sont pas moins considerables que ceux qui viennent du merite.

Beneficia eò vsque læta sunt, quò videntur exolui posse: vbi multum antevenere, pro gratia odium redditur. TAC.

Tous les aduis qui alloient à Tibere passoient par ses oreilles, & il escoutoit tout: car ceux qui sont dans les grandes affaires ne doiuent rien mespriser; & bien qu'on leur compte souuent des fables, ils sont neantmoins bien payés quand de cent aduis qu'on leur donne, il y en a vn de vray. Il auoit des hommes à tout faire : Seneque les appelle ſes dogues, qui n'eſtoient appriuoiſés que pour luy & abayoient tous les autres, car il les nourriſſoit du ſang humain. C'eſt choſe eſtrange que les plus grands ſe rendoient inſtruments de ſes paſſions. Varro Conſul pour luy plaire, ſe declara partie contre Silius, amy de la maiſon de Germanicus : mais l'accuſé par vne mort volontaire, eut le courage de preuenir la neceſſaire. Mais il n'y a point d'apparence que ſ'il n'euſt eu de grandes parties, & en l'eſprit & au courage, il euſt duré ſi long temps aupres de Tibere, Prince difficile, ſeuere, ſçauant & deffiant. L'hiſtoire en propoſe deux

Acerrimi canes, quos Seianus vt ſibi uni manſuetos, omnibus feros haberet, ſanguine humano paſcebat. SEN.

Varro Cõſul odijs Seiani per dedecus ſuum gratificabatur. TAC.

diuers pourtraits : l'vn du pinceau de Tacite qui nous le represente comme vn scélerat ; l'autre de la main de Velleius Paterculus qui le flatte & luy donne tous les traicts d'vn parfait Courtisan. Il dit que *la vigueur du corps respondoit à la force de l'esprit, qu'il trauailloit sans peine, faisoit tout comme s'il n'eust rien fait, & en la plus grande action sembloit estre à repos, ne se monstrant ny empesché ny empressé: Qu'il ne couroit pas apres les occasions, ne s'en dõnoit l'honneur, venoit about de tout, se mettoit tousiours au dessous de l'estime que lon faisoit de luy. Qu'on ne remarquoit iamais ny trouble ny esmotion en son visage, l'esprit tousiours esueillé, & ne dormoit point.* Quoy que ce soit, Sejanus à tout prendre estoit ha-

Seianus laboris ac fidei capacissimus, sufficiente vigori animi compage corporis, & actu otiosis simillimus. VELL.

Infra aliorum æstimationes se metiẽs, vultu vitáque trãquillus, animo exsomnis. VELL.

bile homme, & ayant duré quasi autant que Tibere, il faut croire que si la fortune ne se fust reuoltée contre ses conseils, il l'eut contraint de se sousmettre à sa prudence.

Ω φίλοι οὐδεὶς φίλος. ARIST.

Seulement ie m'estonne qu'ayant fait tant d'amis il eust faute d'amis : qu'entre tant de testes attachées à la sienne, & qui ne pouuoient demeurer fermes si elle estoit abbatuë, il n'y en eust point qui luy parlast franchement & veritablement de preuoir sa ruyne. C'est le commun malheur des grāds: il faut que tous les discours qu'on leur tient soient de grace & de douceur : ils croyent que la verité leur doit tout ce que la complaisance leur preste. S'il y auoit des Iuges ordonnés pour la

Parler aux grands doucemēt & gracieusement, Athenée appelle cela ἡδυγλωττεῖν, AEschyle χαριγλωττεῖν.

flatterie ils n'auroient point d'exercice, car personne ne se plaint qu'on le flatte.

Sejanus eust ce malheur de n'auoir personne qui luy dit sincerement & franchement, *Moderés vostre esprit, ne despités vostre fortune, n'abusés de vostre faueur, ne vous ioüés auec vostre maistre, ce temps ne durera pas tousiours. la patience offensée deuient fureur.* Et quād on luy eust dit, il ne l'eust pas creu; l'orgueil l'esbloüissoit, il se vantoit d'auoir l'eau & le feu en ses mains, & qu'il en vseroit comme il voudroit.

Tibere doncques s'estant aperceu, quoy qu'assés tard, que Sejanus mordoit à la grappe, qu'il bastissoit ses esperances sur son tombeau, & qu'il auoit non seulemēt songé, mais pensé, mais attenté à

Dion dit que si quelque Dieu fust descendu, & eust asseuré la ruine de Sejanus, on ne l'eust pas creu; car en ce mesme temps-là chacun iuroit par sa fortune, τὴν τύχην αὐτοῦ ὤμνυσαν. Non seulement attenter, mais penser, mais songer cōtre l'Estat est crime.

l'Empire, se resout d'estein-dre le feu de ceste ambition dans le sang de l'ambitieux. Le premier soupçon qu'il en eust fut pour son mariage a-uec Liuia vefue de Drusus: le II. sur ce que la maison de Germanicus estant abba-tuë, il n'y auoit plus de rete-nuë à son insolẽce, qui estoit montée si hault qu'elle ne se pouuoit plus tenir sur ses pieds: le III. sur l'excés de son pouuoir aux affaires du Senat, des finances, & des Commandemens: le IIII. sur ceste grande suite de ser-uiteurs, dont la cõplaisance empiroit sa complexion: le V. sur ce qu'il tenoit Drusus prisonnier, & C. Cæsar à sa disposition, pour au besoin les produire & cõtinuer sous leur nom le gouuernement

Summum ad gradũ claritatis cùm veneris, ægrè consistes. LABER.

Improbæ blanditia non quæ amiciorem sed quæ deteriorem facit assentando. CIC.

souuerain : le VI. sur les artifices pour l'esloigner du seiour de la ville, & le tenir comme captif, soubs pretexte de son absence & de sa vieillesse : le VII. sur la grande & violente poursuite qu'il faisoit pour auoir la puissance de Tribun, si grande que les Empereurs l'auoient vnie à leur personne : la VIII. que Sejanus disoit des paroles qu'il aimoit mieux taire que exprimer : Et quand de tout cela il n'y eust eu qu'vn seul soupçon d'aspirer à l'Estat, il ne falloit estre en peine de chercher vn plus grand crime.

Prouidebat Cæsarem vergēte iam senecta secretoq; loci mollitum, munia Imperij facilius transmissurum. TAC.

Σιγᾶν ἄμεινον τ' αἰσχρά. EVRIP.

Mais Tibere est blasmé de deux actes de foiblesse de cœur : le premier, d'auoir souffert l'accroissement de ceste grande puissance, qui ne se peut acquerir auec trop de peine, ny abattre auec trop de seuerité. L'arbre qui n'estoit qu'vn petit scion au commencement, porta la teste & les branches si haut, qu'il luy donna vn ombrage tres-dãgereux. Ce qu'il pouuoit tirer d'vne main quand il ne faisoit que poindre, ietta de si profondes racines qu'il luy fust apres fort mal-aisé de l'arracher des deux. Le Prince qui n'empesche l'accroissement de l'ambition, quãd elle ne fait que naistre, ne tire autre profit de sa tolerance que le repentir & le dommage. L'Estat ne peut souffrir deux Roys, non plus que le monde deux Soleils, ny le Temple deux deïtés. L'autorité souueraine est vne forte chaussée qui ne se

Le sang tiré abondamment de la meilleure veine, est bié employé pour deffendre, ou pour acquerir vne seule goutte d'autorité.

Non capit regnum duos. SEN.

destruit pas si tost par l'impetuosité du flot ou du poids de l'eau qu'elle soustient, comme par vne legere fente & ouuerture qui donne entrée au torrent qui l'emporte.

Le second, est pour auoir apporté tant de ceremonie à vne si pressante occasion, tant de finesse en vn si grand pouuoir, tant de tremblement en vne si grande asseurance? Pour l'eslongner de luy, il le fit son collegue au Consulat, & personne n'y auoit esté associé sans malheur.

Quinctilius Varus, Cn. Piso, Germanicus & Drusus qui auoiẽt esté Consuls auec Tibere, moururẽt de mort violente. DIO.

Quand Tibere escrit au Senat, il ne remplit ses lettres que des merites de Sejanus & des seruices qu'il a rendus à l'Empire: On y rencontre souuẽt ces mots, *Sejanus mon*

Σιανός τε ὁ ἐμός. DIO.

amy, mon Sejanus, ie dis mon Sejanus. Il ſemble qu'il n'ait limité la gloire de l'Empire qu'à la durée de ſa vie. Ses ſtatuës paroiſſent par tout; chacun luy en donne comme à ſon Dieu tutelaire. Qui refuſera de rendre de l'honneur à qui l'Empereur en donne ſi liberalement?

Vino debemus homines quòd soli animātiū non sitiētes bibimus. PLIN.

Ce Conſulat pour cinq ans l'eſtourdit; & comme l'excellēce du vin preſſe de boire outre la ſoif, ceſte douceur des proſperités l'enyure & le porte à plus qu'il ne veut. Qui eſt embarqué ſur ceſte mer, où il y a tant de perils, ne ſe doit iamais fier au calme, ains porter touſiours ſes yeux deuers le Ciel pour conduire à bon port ſes eſperances.

La vie ſolitaire & voluptieuse de Tibere estoit l'eschelle de son ambition: car comme vn autre Sardanapale, il ne se vantoit que de ses excés. Sejanus l'entretenoit en ceste honteuse oisiueté, l'ayant accoustumé malicieusement à preferer les choses agreables aux serieuses. Qui neglige de faire le maistre, treuue des seruiteurs assés hardis pour luy commãder; & qui ne fait le Prince qu'au cabinet court fortune d'en voir vn autre en campagne.

ἔφαγον, ἔπιον, ἠφροδισίασα. *Edi, bibi, lusi.* ATHEN.

L'impudence accompagnant son orgueil, tira de sa bouche ces paroles qui ne deuoient iamais sortir de ses pensées: *Ie suis Empereur de Rome, & Tibere est Prince de l'Isle.* Il fit representer des jeux par des hõmes chauues, qui furent reconduits à l'issuë du

ἐγὼ αὐτοκράτωρ, ὁ Τιβέριος νησίαρχος. DIO.

Theatre par cinq mille garçons tondus, pour se mocquer de la teste pelée de Tibere. Ce nombre ne sera treuué estrange de ceux qui sçauent que les Romains en auoient des troupeaux, des legions, & que tel en a fait marcher deuant luy plus de vingt mille; mais bien qu'il les fit raser : car on prenoit lors vn grand soing à frizer & tresser leurs cheueux.

Athenée en compte iusques à vingt mille, & les appelle *συμπαραιόντας, anteambulones.*

Tibere fut incontinent aduerty de ceste bouffonnerie, & fit semblant de l'ignorer, encores qu'il la ressentit viuement; mais il vouloit que l'ignorance dissimulée excusast le retardement de la vengeance asseurée. Aussi n'y a-il rien qui touche plus le cœur d'vn Prince que de se voir braué par vn homme

Familias calamistratas. APVL. *Crinitus puer.* SENEC. *Præcincti pueri compti.* HOR.

qu'il a tiré du mespris & de la misere d'vne basse condition. Il n'est pas moins fascheux d'estre reduit à la moquerie de ses seruiteurs qu'à la discretion de ses ennemis.

Graue est in seruorũ suorũ contumeliam, grauius in misericordiam deyci, nam pœnis ipsis grauius est in hostium miseratione viuere. SALVI.

Sejanus en fust iusques-là, que le Senat fit des sacrifices & pour Tibere, & pour luy; ordonna que lon celebreroit publiquement le iour de sa naissance, qu'on iureroit par son nom, que lors qu'il seroit absent de la ville on luy enuoyeroit des Ambassadeurs separément comme à l'Empereur.

Mais comme le tonnerre tombe lors qu'il semble que l'air soit plus serein, Sejanus se void enuelopé de l'orage dans les plus beaux iours de sa fortune. Il eut plusieurs augures de son malheur. Le theatre où il receuoit les salutations des Calendes se rompit, & vn chat passa à trauers. Reuenant du Capitole, ses satellites fendans la presse pour le suiure, & gagner le deuāt, tomberent du haut des eschelles où lon precipitoit les criminels. Sejanus consulta les auspices pour sçauoir ce que cela presageoit. Les oyseaux de bonne rencontre ne parurent point; il ne vit qu'vne grande troupe de corbeaux, oyseaux de malencontre, rossignols d'enfer, qui voloient & croüassoient autour de luy. On vit en l'air vn globe de feu tel qu'on l'auoit veu au trespas d'Auguste & de Germanicus: mais il n'y auoit personne qui creut en ceste florissante condition qu'il

L'anciēne superstitiō prenoit à mauuais augure qu'vn chat trauersast. γαλῆν διὰ μέσου σφῶν διῆξεν. Dio.

Tiberius Gracchus allant au Capitole, trois corbeaux volerent autour luy, & il y fut tué. Valer. *Vidimus non semel flammam ingentis pilæ specie:*

fust si proche de sa ruine. On ne laissa pour tout cela de l'appeller le compagnon de Tibere, non seulement au Consulat, mais en l'Empire de l'vniuers.

Tibere pour recognoistre les volontés & les affections, escriuoit souuent à Sejanus & au Senat, tantost qu'il se portoit bien, tantost qu'il estoit à l'extremité de sa vie; vne autrefois que ses forces estoient reuenuës, & qu'il esperoit de les reuoir bien tost, & de se rendre à Rome. Ces feintes luy profitoient; car selon que ces nouuelles apportoient de la ioye ou de l'affliction, de l'esperance ou de la crainte, il recognoissoit ceux qui dependoient de luy, ou de Sejanus. Il prie encores le Senat de luy en-

quæ tamē in ipso cursu suo dissipata est. Vidimus circa Diui Augusti excessum simile prodigium: Vidimus cùm de Seiano actū est. SEN.

συνάρχεν ἐς τὴν ὑπατείαν καὶ ἐς τὸ κράτος. DIO.

uoyer vn des Consuls auec quelque escorte pour le conduire en seureté.

Pudenda miserãdãq; oratione P. C. precabatur, mitterent alterum è Cõsulibus qui senem se & solũ in conspectum eorũ cum aliquo militari præsidio perduceret. SVET.

Il croyoit que la coniuration estoit si puissante contre luy, qu'il n'y pourroit resister ; & auoit desia preparé les vaisseaux pour prendre la fuite, & faisoit tenir sur les rochers des sentinelles, qui par des feux se donnoient le signal de ce qu'elles descouuroient : Il balançoit cependant si iustement ses intentions que de la mesme main qu'il en esleuoit vn en faueur de Sejanus, il en renuersoit vn autre ; de maniere qu'il le tenoit tousiours comme suspendu entre l'orgueil & l'humilité, la confiance & la crainte.

Mais le fauori commence à se troubler quand on luy

rapporte qu'on voyoit ſortir de la fumée de la teſte d'vne de ſes ſtatuës. Il la fit rompre pour en cognoiſtre la cauſe: & de là on vit ſortir vn grand ſerpent. Il ne meſpriſa pas ce prodige, & fit vn ſacrifice à ſoy-meſme, car il auoit accouſtumé de ſ'en donner; & on treuua au col de la meſme ſtatuë vne petite corde.

Il ne faut meſpriſer ſuperbement les prodiges: Ce mépris perdit Alexandre. APP. Perſeus. IVSTIN. Luc. Craſſus. D. HAL.

Tibere iugea que les deſtinées conſpiroient auec ſa vengeance, pour le ruyner: mais il continuë ſes ruſes, faiſant courre le bruit qu'il le veut eſleuer à la premiere charge de l'Empire. Mais au meſme temps il fait partir Neuius Sertorius Macro, auec commandement de preſenter ſes lettres au Senat, de ſe ſaiſir de Sejanus, & de mettre Druſus priſonnier en li-

Dion dit que Tibere pour ſurprendre & attraper Sejanus, fit dire au Senat qu'il luy vouloit dōner la puiſſāce de Tribun.

berté; Drusus afin qu'il ralliast tous ses amis contre le commun ennemy, s'il y auoit de l'opposition.

L'estat de Coronel des Gardes que Tibere auoit donné à Macro, anima ceste execution. Les Princes qui veulent estre bien seruis doiuent tousiours faire voir la qualité du seruice par celle de la recompense. Il vint à Rome secrettement, communiqua la cause de son arriuée au Consul Memmius Regulus, & non à son Collegue, car il estoit creature de Sejanus, & à Gracinus Laco cheualier du Guet. Il les trouua tous disposés à sacrifier ce meschant à la haine publique, & de se saisir de luy au Senat dans le temple d'Apollon.

Nihil non aggressuri sint homines, si magna conatis magna præmia proponantur.

LIV. Le Senat ne se tenoit que aux Temples ou aux lieux sacrés.

Macro rencontra le lendemain Sejanus, qui entroit de bon matin : & le voyant vn peu ſurpris de ce qu'il ne luy auoit apporté des lettres de Tibere, luy dit à l'oreille : *Il y à quelque choſe de meilleur, ie vous apporte le pouuoir de Tribun.* Cela le remit : ſes amis le ſceurent auſſi toſt, & s'en eſiouïrent, ſe repreſentant que deſormais tout ce que la Fortune voudroit donner aux Romains, paſſeroit par les mains ou ſeroit prononcé par la bouche de leur maiſtre.

Hoc illis Curia tẽplum. VIRG.

Qualem quiſque fortem, ſtatumq; habeat, in mea manu poſitũ eſt : quid cuique mortaliũ fortuna datum velit, meo ore pronunciat. SEN.

Macro fait aſſembler les gens de guerre, ſous couleur qu'il leur veut faire entendre les commãdemens de l'Empereur : & par ce moyen il laiſſa pour la garde du temple les ſoldats du guet ; & les autres qui auoient suiui Sejanus se rendirent au camp, & à l'enseigne. Estans là, il les asseure de la bonne volonté que l'Empereur a de recognoistre leurs seruices, & de les gratifier d'vn present. Il n'y en a point qui ne leue l'oreille à ceste parole, & ne promette d'estre à tout. Il en choisit bon nombre pour la garde des aduenuës, & du temple d'Apollon: cela faict presente ses lettres au Senat, dit sa creãce, se retire, y laisse Laco, & va donner ordre aux autres endroits de la ville.

Dio appelle cela γέρα. Polybe δωρεά. C'estoient presens d'armes, de picques, d'enseignes, d'escharpes, de chaisnes, de couronnes.

Les lettres sont leuës, & portent le pourtrait d'vn esprit affligé & tremblant, qui n'ose dire qu'à demy mot, ce qu'il a sur le cœur contre l'ingratitude & la perfidie de son seruiteur. Elles estoient

L'autorité du Prince ne peut descendre plus bas que quãd il n'ose parler clairement à ses subjets de ce qui l'offence.

coupées de diuerses affaires comme sans ordre ; le commencement sur les indifferentes, la suite sur d'autres plus importantes. Cela estoit suiuy de quelques plaintes du pouuoir demesuré de Sejanus: Puis il reuenoit à d'autres occurrences, prioit le Senat de faire le procés à deux Senateurs familiers de Sejanus, & à la fin commandoit, mais comme entre ses dents, qu'on veillast sur les actions de Sejanus. Il n'y auoit vn seul mot de le faire mourir ; tant il craignoit que ce grand credit qu'il auoit par tout ne s'y opposast: & au cas que les choses ne succedassent selon son desir, il vouloit tousiours auoir la liberté de s'expliquer.

Ceste fin Tragique de Sejanus est biẽ representée dans le Tibere François de M. le MAISTRE.

Mais comme la peur croit

--quisque pauendo Dat vires famæ, nul-

tout ce qu'elle s'imagine, les amis de Sejanus ne treuuans en ceste lettre ce qu'ils attendoient, s'esloignent de luy comme d'vn lieu menacé du foudre. Quand la faueur du Prince abandõne quelqu'vn, il est dangereux de s'en approcher ; la desfaueur est contagieuse.

loq; autore malorum Quæ finxere timẽt. LVCAN.

Sejanus auoit pris à mauuais augure que Macro ne luy auoit point donné de lettres ; & s'il se fust retiré sur cela, ceste commission estoit remise à vn autre temps. Le bouclier le plus asseuré contre les menaces de la fortune est la preuoyance qui porte l'œil de tous costés. Que ne se souuenoit-il que quãd ce Prince caut & rusé voulut faire mourir Libo, il couurit son dessein si accortement

Vsquequaque sapere oportet ; id erit telum acerrimum. CIC.

que ce pauure homme ne vit ſa perte qu'il ne fuſt perdu ; le fit manger à ſa table, ne monſtrant rien d'alteré en ſon viſage, ny en ſes paroles. Sejanus s'amuſa aux lettres de Tibere, & n'y treuuant rien aſſés exprés contre luy, creut que c'eſtoient des vapeurs de ſon chagrin, de ſes deffiances & inegalités, & qu'il n'y auoit perſonne aſſés hardie en la compagnie pour ſe reſoudre à l'offenſer ; car il ſçauoit mieux ſe faire craindre & obeir que Tibere ne ſe faiſoit aimer & reuerer.

Libonem ornat Pretura, conuictibus adhibet, non vultu alienatus, non verbis cõmotior: adeò iram cõdiderat. TAC.

Mais comme il vit que ceux qui auoient receu du mal de luy, & qui en attendoient, parloient plus haut que les autres ; il iugea que la partie eſtoit faite à ſa ruine. Ses plus confidens luy tournerent le dos : Et où ſont les hommes qui en l'aduerſité ſe ſouuiennent des bien-faits ? ou qui croyent d'eſtre obligés aux miſerables ? Il ne faut pas chercher à la Cour les grandes amitiés ; auſſi n'y a-il point d'inimitiés petites : & c'eſt pour cela que les ſages ne rompent auec perſonne.

Quis in aduerſis beneficiorũ ſeruat memoriam? aut quis vllam calamitoſis deberi putat gratiã? aut quãdo fortuna non mutat fidem? VELL.

Le Conſul Regulus l'appelle; il ne ſe leue point; non par orgueil, car il eſtoit fort abbâtu, mais parce qu'il n'auoit pas accouſtumé d'obeïr. Il l'appelle pour la ſeconde & troiſieſme fois, & luy preſentant la main luy dit, *Sejanus venés icy. M'appellés-vous?* repart Sejanus, & diſant cela ſe leue. Alors Laco Cheualier du Guet l'empoigne : on le lie, on le tire du Temple à la priſon ; des ſupremes honneurs,

neurs, à l'ignominie extreme.

Ses ſtatuës au meſme inſtant furent abbatuës, & on les vit ſuyure la corde qui les traiſnoit dans le feu pour les fondre. Des pieces de ceſte teſte qui eſtoit adorée comme la ſeconde de tout le monde, & qui faiſoit trembler tout le Senat, on fit des petits meubles de cuiſine.

D'icy Diō fait vne belle remarque ſur l'incōſtance humaine, τὴν ἀνθρωπίνην ἀσθένειαν.

-- ex facie toto orbe ſecunda Fiunt vrceoli, pelues, ſartago, patellæ. IVVEN.

Il y eut ſi peu d'interualle entre l'exaltation & la cheute, qu'il ne fut pas pluſtoſt menacé que frappé. Voyāt à l'iſſuë du Palais, ce que lon faiſoit à ſes ſtatuës, il ſ'imagina que l'original ſeroit mal traité; & ſon plus grand trouble fuſt de ne ſ'eſtre preparé de longue main à ce malheur. Faute ordinaire de ceux qui ſont eſleuez aux

Dion a remarqué que Sejanus vit abbattre ſes ſtatuës, & que de là il preuit ce qui luy arriueroit.

grandes dignitez, qui ne sont sages qu'apres le coup ; & ayãt le moyen de descendre à leur aise, attendent qu'on leur face sauter les degrés.

Il se faut preparer de bonne heure à la cheute, & sortir plustost que d'attendre d'estre chassé.

Il n'y auoit point de peril d'aller viste à son iugement, ny de commencer le procés par l'execution : La loy des dix iours n'estoit pas encores faite : toute sa vie estoit vne course d'insolence, d'orgueil, de violence, de fureur. Par arrest du Senat, il fut precipité du haut des eschelles Gemonies ; & le peuple ayant traíné trois iours durant son corps par les ruës, le ietta dans la riuiere. Ses enfans furent condamnés à la mort: sa fille promise au fils de Claudius deflorée par le bourreau auant que d'estre estranglée; parce qu'il n'estoit per-

Tibere apres la mort de Sejan. defendit que les arrests de mort ne fussent executés, que dix iours apres le iugement. Dio.

Puella à carnifice iuxta laqueum compressa. Tac.

mis de faire mourir vne vierge au supplice. Mais à ce que dit Tacite, ce n'estoit qu'vn enfant, & de si peu de cognoissance, qu'elle ne cessoit de dire, *Qu'ay-ie fait? où me veut-on mener? qu'on me le pardonne; ie n'y retourneray plus: il ne faut que des verges pour me punir.*

Dion dit que ceste fille fut tuée par le peuple.

Et posse, se puerili verbere moneri. TAC.

La Satyre a conserué la memoire de ce qui se disoit lors à Rome. Le peuple demãdoit *Pour quel crime est-il là? qui a esté son delateur? quels complices? quels tesmoins?* Vn autre respond, *Rien de tout cela: Vne grande & longue lettre est venuë de Capres; il n'en faut pas sçauoir d'auantage.* Ceux qui le voyoient traisner par les ruës auec vn crochet qu'on luy auoit planté dãs le gosier, s'en rioient; & chacun iuroit de

Verbosa & grãdis epistola venit A Capreis: bene habet, nil plus interrogo. IVVEN.

ne l'auoir iamais aimé.

Seneque rapporte veritablement, ce qu'il n'auoit veu sans estonnement, *Celuy que le Senat auoit accompagné le matin en grande reuerẽce de sa maison au Palais, fust le mesme iour taillé en pieces.* D'vne personne où les Dieux & les hommes auoient mis tout ce qui se peut mettre ensemble de bon & de grand, il n'en resta aucune chose au bourreau.

Ceste mort rendit bien à Tibere la confiance & la seureté; & quand on luy parla de choisir vingt Senateurs pour se tenir aupres de luy l'espée au costé, il respondit que la vie ne luy estoit pas si chere, qu'il se voulut assubiettir à ne la conseruer que par les armes: Mais les vicieuses & débordées habitudes

..nunquã si quid mihi credis amaui Hunc hominem. IVVEN.

Quo die Senatus illũ deduxerat, populus in frusta diuisit. SEN.

Ex eo nihil superfuit, quod carnifex traheret. SEN.

Mihi vita tanti non est vt armis tegenda sit. TAC.

ne s'en allerent pas; & ne faisant mourir ses vices deuant sa mort, il n'eut pas le contentement de voir mourir ses ennemis deuant soy. Il en ressentoit le remord si violemment, qu'il protestoit au Senat de mourir tous les iours. Sa condition n'estoit subiette au iugement des hommes; mais il demeuroit conuaincu en sa conscience qui l'accusoit, le condamnoit & l'executoit. C'est pourquoy vn sage, qui viuoit de ce temps-là, disoit: *Que si les ames des Tyrans se pouuoient voir, on y remarqueroit plus d'vlceres par la volupté qu'ils n'auoient faict de playes aux corps meurtris par leur cruauté.* De toutes ses violences la plus dommageable fust la mort de l'Architecte qui refit &

Tandē facinora & flagitia in suppliciū vertūtur. TAC.

ἡ σύνεσις διαφθερεῖ σά με. ORESTES

Vt corpora verberibus, ita sæuitia ac libidine Tyrannorū animus dilaceratur. TAC.

redressa dextremẽt le grand portal de Rome, qui auoit pris coup; & qui luy presenta vn verre, le cassa, & en rassemblant les pieces le refit sur le champ, ayant trouué l'art que ceste matiere, le dernier ouurage du feu, obeïst & fust ployable au marteau. Pline dit qu'il l'abolit, afin que l'or, l'argent, & le bronze n'en fussent moins prisez.

Ferũt Tiberio Principe excogitatum vitri temperamẽtũ, vt flexibile esset, & totam artificis officinam abolitã, ne aris, argẽti auri metallis pretia detraherentur. PLIN.

Inuention neantmoins que les siecles precedents auoiẽt ignorée, que le siẽ admiroit, que le nostre regrettera tousiours; car nous n'auons plus des hommes qui se passionnent pour ne permettre que ce qui peut profiter à la posterité demeure long temps caché. Tibere n'espargnoit rien aux despences excessiues, voluptueuses, & super-

Priscis tẽporibus, summum certamen inter homines, ne quid profuturum seculis diu latẽret. PETRON.

fluës: entretenoit des ſueurs & labeurs du peuple vne infinité de perſonnes, non ſeulement inutiles, ains pernicieuſes à la Republique : & faiſoit mourir ceux dont l'induſtrie luy pouuoit apporter de l'ornement & de l'vtilité. Quel deſordre & du temps & des hommes ? On plaint la recompenſe d'vn art admirable ; & Sejanus vend vn de ſes Eunuques trois mille cinq cens ſeſterces. Mais cela fuſt durant les miſeres du regne, & lors qu'il n'eſtoit permis à perſonne de reprendre ces profuſions.

Malus Imperator qui ex viſceribus prouincialium homines non neceſſarios, nec Reipubl. vtiles alit. LAMP.

Iniuriam lucrifecit in luctu ciuitatis, quoniam arguere nulli vacabat. PLIN.

La domination de Tibere fuſt encores plus terrible & cruelle apres Sejanus, qu'elle n'auoit eſté au parauant. Il ne voulut que le peuple reparaſt par ſa mort les maux qu'il auoit faicts en sa vie. Auguste auoit ordonné vn tresor militaire, qu'il remplissoit de trois tributs, comme de trois viues sources; du vingtiesme des heredités, du vingtcinquiesme de la vente des serfs, du centiesme de tout ce qui estoit en commerce. Tibere ayant reduit en Prouince le royaume de Cappadoce, iugea que par l'accroissement de ce reuenu les peuples deuoient estre d'autãt deschargez; & pource au lieu du centiesme il ordonna qu'on ne payeroit que le deux centiesme. Mais apres la mort de Sejanus, comme se repentant de ceste grace, il ramena le centiesme.

Le tribut le plus agreable estoit le vingtiesme qui se prenoit sur les heredités & legats, les parents & pauures exceptés.

Extraneis facile, domesticis graue. PLIN.

τέλος ἑκατοστὴν ἦγαγε. DIO.

Le Senat neãtmoins commanda qu'on esleuast en la place publique la statue de

ἐλευθερίας ἄγαλμα. DIO.

Liberté, & que tous les ans au mesme iour que Sejanus auoit esté tué on representast vn combat à cheual, & que lon y tuast diuerses sortes d'animaux : ce qui n'auoit esté faict au parauant. Il ordonna aussi qu'on ne donneroit à personne des honneurs immoderés ; & qu'on ne iureroit par autre nom que par celuy de l'Empereur.

Tous les amis de Sejanus coururent fortune, & receurẽt ce qu'ils attendoient. Les prisons en furent remplies : les vns condamnés à mort, les autres bannis ; tous despouillés de leurs charges. La ville sembloit vne campagne, où lon ne voioit que des corps deschirés, ou des corbeaux qui les deschiroient. C'estoit à qui se-

Quàm malè est extra legem viuentibus ! quicquid meruerũt, semper expectãt. PETR.

roit quelque outrage à la memoire de Sejanus, ou qui donneroit quelques coups de pied à son corps, afin que la haine apres la mort couurit l'amitié qu'on luy auoit portée durant la vie. Les Romains se disoient l'vn à l'autre : *Allons viste, courons ; allons cependant qu'il est encores sur le bord du fleuue, & foulons aux pieds l'ennemy de Cæsar.*

--curramus precipites, et Dũ iacet in ripa, calcemus Cæsaris hostem. IVVEN.

Tibere s'accoustuma tellement aux supplices, qu'il fit mourir tous ceux qui estoient aux prisons, accusez d'auoir quelque intelligence auec Sejanus : on mit sur le paué vn grand nõbre d'hommes morts, de tout aage & condition, illustre, noble, roturier ; sans qu'il fust permis à personne de s'arrester pour les veoir, ny de se retirer pour

Iacuit immensa strages, omnis sexus, omnis ætas, inlustres, ignobiles. TAC.

les pleurer; car l'vn ou l'autre estoit crime. Vitia fut punie de mort pour auoir pleuré Geminus sõ fils: & parce que lon ne pouuoit accuser les femmes d'attenter à l'Estat, leurs larmes estoient crime.

Fœminæ quia occupandæ reipub. argui non poterant, ob lacrymas incusabãtur. TAC.

On iugeoit la douleur par la mine, & la passion par la vehemence de la douleur: de maniere que les corps que le Tybre renuoyoit au riuage, y demeuroient sans sepulture: tant la crainte auoit rompu le commerce entre la nature & la compassion.

Interciderat sortis humanæ commercium vi metus: quantúm que sæuitia gliscerèt, miseratio arcebatur. TAC.

Il n'y eut personne qui ne reniast l'amitié de Sejanus. Vn seul Cheualier Romain, Marcus Terentius, estant accusé d'estre de ses amis, l'auoüa librement, lors que les autres faisoient semblant d'y auoir renoncé. Il en parla en

Ausus est amplecti amicitiã,

ceste sorte deuant le Senat.

quam caeteri falsò exuerant. TAC.

Peut-estre ferois-ie mieux pour ma fortune, de nier le crime dont on m'accuse, que de le confesser. Mais quoy qu'il en aduienne, i'auoüe que i'ay esté l'amy de Seianus, que i'ay desiré de l'estre, & me suis esioüy d'auoir acquis son amitié.

Minus expedit adnoscere crimen, quà abnuere. TAC.

Il y en auoit sept; quatre en la ville, trois aux garnisons.

Ie voyois qu'il estoit compagnon de son pere au commandement des cohortes Pretoriennes, & qu'en mesme temps il manioit les affaires de la Ville & de la Guerre: que ceux qu'il auoit pour intimes, estoient puissans en l'amitié de l'Empereur, & les autres tousiours en frayeur & en la misere des accusez.

Cunctos qui nouissimi consilij expertes fuimus vnius discrimine

Ie ne veux alleguer icy personne pour exemple. Ie veux au seul peril de ma vie deffendre tous ceux qui n'ont eu aucune part en ses derniers desseins. Car nous ne faisions pas seruice à Seianus de Vulsine, mais nous suiuions le parti de la maison de Claude, dont par alliãce il s'estoit rendu le chef. Nous honorions, Cæsar, vostre Gendre, vostre compagnon au Consulat, & qui exerceoit vos charges en la Republique. defendã. TAC.

Ce n'est pas à nous de iuger, quel doit estre celuy, ny pour quelle cause vous l'esleuez sur les autres. Les Dieux vous ont donné la souueraine disposition des affaires: il ne nous reste en cela, que la seule gloire de l'obeissance. Nous considerons ce que nous voyons, à qui vous donnez des biens & des honneurs, & qui nous pouuoit plus nuire ou proffiter: & personne ne peut nier que tout cela n'ait esté à Seianus.

Non est nostrum æstimare, quem supra ceteros, & quibus de caussis extollas. Tibi summũ rerum iudicium dij dedere; nobis obsequij gloria relicta est. TAC.

La verité se treuue par les apparences.

Il n'est pas permis de sonder les intentions profondes du Prince, ny ce qu'il prepare de plus secret:

θεῖον κεῖται ἡ ἀγη-ϑα ἐκ τ

cela est douteux, & pour ce on n'y arriue pas. Ne considerez le dernier iour de Seianus, mais les seize années de sa prosperité. En ce temps-là nous portions de l'honneur à Satrius & à Pomponius ses affranchis : & on estimoit que c'estoit chose magnifique d'estre cogneu de ses seruiteurs & de son portier. Quoy doncques? ne fait-on point de difference entre ceux qui ont seruy Seianus comme seruiteur de l'Empereur, & ceux qui l'ont suiuy en ses desseins comme ennemy de l'Empire?

εἰκότων. ÆSCHI.

Abditos Principis sensus, & si quid occultius parat, exquirere inlicitum. TAC.

Libertis ac ianitoribus Seiani notescere, pro magnifico habebatur. TAC.

Il est necessaire que ceste distinction soit reduite en ses iustes bornes; afin que lon punisse les trahisons & conspirations contre l'Estat, & les desseins de la mort de l'Empereur : mais pour son amitié & pour les deuoirs que nous luy auons rendus, le mesme dessein que nous auons eu enuers luy, doit

Insidiæ in Rempubl. consilia cædis aduersum Imperatorem puniantur; de amicitia & officiis idem & te *absoudre & nous & vous.*

Cesar & nos absoluerit. TAC.

La hardiesse & la fermeté de son discours qui rapportoit tout ce qui estoit en la pensee des autres, fut de si grande efficace que ceux que l'on auoit accusez comme amis de Seianus, furent distinguez de ses complices ; & Tibere loüé d'auoir confirmé le decret du Senat pour l'innocence de Terentius, qui n'auoit aimé son amy pour le haïr ou le desauoüer.

Scipion disoit que la pire parole qui se pouuoit rencõtrer en l'amitié, estoit celle qui vouloit que l'amy aimast cõme s'il deuoit haïr. CIC.

Tibere regretta Sejanus, non pour la perte, mais pour son interest : car tant qu'il auoit vescu, on rejettoit sur luy tout le blasme de ce qu'il faisoit d'iniuste ou de cruel ; & apres sa mort personne ne partagea auec luy la hayne publique.

De tant que la prosperité

de Sejanus auoit esté admirée, sa cheute donna de la frayeur & de l'estonnement. Iamais personne auant luy n'auoit eu des honneurs plus grands, plus vniuersels, plus inesperez : & toutes les faueurs & les dignitez que les Roys de l'Europe pourroient mettre ensemble pour esleuer vn homme, n'entreroiét en comparaison auec celles-cy. Il fit cognoistre à tous & longuement & par tout ce qu'il pouuoit. Il possedа seize ans la puissance souueraine d'vn Empire qui commandoit à tout le monde, & qui le premier auoit pris pour limites le leuer & le coucher du Soleil. L'Euphrate fermoit sa frontiere deuers l'Orient ; le mont Atlas, les cataractes du Nil, les deserts d'A-

Honoribus functus es? Nunquid aut tam magnis, aut tam insperatis, aut tã vniuersis, quàm Seianus? SEN.

Diu multúmque singulis quid posset ostendit. SEN.

Roma prima & sola ab omni æui memoria terminos sibi potentiæ fecit ἀιαπολας frique au Midy; la mer Oceane au Ponant; le Danube au Septentrion: tellement que où alloit le Soleil, là alloient aussi ses commandements. Quelle gloire monta iamais plus hault, ou descendit plus bas? En recherchant & trop d'honneur & trop de bien, il ne fit autre chose que dresser sur vne haute tour vn grand eschaffaut, afin que sa cheute fust de plus haut, & le precipice de sa ruine plus effroyable.

Il sera perpetuellement allegué pour l'exemple prodigieux d'vne insolence extreme, & d'vne malheureuse ambition: & sa fin tragique apprend que iamais on n'vse bien d'vn pouuoir mal-acquis; qu'il ne faut iuger de la felicité auant la mort, ny du

καὶ δύσις, *Orientem & Occasum.* D. HALIC.

Clausum mari aut amnibus longinquis imperiū. TAC.

Dispersit cum Sole manus. CLAVD.

—*Numerosa parabat Excelsæ turris tabulata, vnde altior esset Casus.* IVVEN.

Nemo vnquam imperiū flagitio acquisitum bonis artibus exercuit. TAC.

iour auant le soir, ny du bastiment qu'il ne soit acheué: Que la faueur acquise par le merite ou le bon-heur, se conserue par la modestie, se pert par l'insolence : & que la plus asseurée ne doit releuer que de la main du Prince.

Aluare de Lune disoit à ceux qui admiroient sa fortune aupres du Roy de Castille, Vous aués tort de loüer le bastiment auant qu'il soit acheué.

AVLÆ CVLMEN LVBRICVM.

ADVERTISSEMENT.

PVbliant ceste Histoire d'Ælius Sejanus, qui entretient maintenant le tapis ; ie deurois dire qu'elle est faite depuis peu, pour luy donner le credit de la nouueauté, & la faueur ou de l'occasion, ou de la diligence. Mais ceste saison qui n'est pas sterile en grandes actions, comme les autres, ne me permettant ces diuertissemens, il faut que i'aduouë qu'il y a plus de trois ans qu'elle est faite.

Ie la monstray à l'Autheur du Tibere François, lors qu'au retour du voyage de Guyenne, il me fit l'honneur de me communiquer sa belle & iudicieuse traduction de Tacite. Ceste verité le met hors d'interest, & me descharge du blasme d'vne concurrence peu ciuile.

Au surplus, ce n'est mon dessein, ny d'apporter de la correction au passé, il n'en souffre point ; ny de comparer le present, il est sans exemple ; mais de donner quelque aduis à l'aduenir. Parce que les preceptes n'enseignent pas tant que les exemples.

Extraict du Priuilege du Roy.

PAR le Priuilege qu'il a pleu au Roy d'accorder au ſieur DE MATTHIEV Conſeiller de ſa Majeſté, & Hiſtoriographe de France, pour l'impreſſion de tous ſes eſcripts : Deffences ſont faictes à tous Libraires & Imprimeurs d'imprimer ceſte Hiſtoire de Ælius Sejanus, à peine de confiſcation des exemplaires & de cinq cens liures d'amende, comme eſt porté plus amplement par les lettres dudit Priuilege verifié en la Cour de Parlement.

Signé COMBAVD.

www.ingramcontent.com/pod-product-compliance
Ingram Content Group UK Ltd.
Pitfield, Milton Keynes, MK11 3LW, UK
UKHW020332230726
13925UKWH00002B/746

9 782013 573665